Chez Léger.

Les derniers mots écrits par Saint-Exupéry :

« *Si je suis descendu, je ne regretterai absolument rien. La termitière future m'épouvante. Et je hais leurs vertus de robots. Moi, j'étais fait pour être jardinier.* »

© 2023, Jean Thiébault URBAN
Édition : BoD – Books on Demand,
info@bod.fr
Impression : BoD – Books on Demand, In de
Tarpen 42, Norderstedt (Allemagne)
Impression à la demande
ISBN : 978-2-3220-4408-5
Dépôt légal : Février 2023

Chapitre zéro

(Olivet, bureau de poste, début 2017)

Lecteur, c'est ici un livre de bonne foi. Alors vois-tu, je n'irais pas jusqu'à te dire que je suis moi-même la matière de mon livre, ce serait mensonge et vanité. Disons simplement que j'ai décidé de me cogner la tâche passionnante mais contraignante du chroniqueur familial un peu autobiographe. Le chapitre que tu es en train de lire porte le curieux numéro zéro parce que c'est le seul qui ne soit pas vrai, le seul dans lequel se trouvent des événements non encore advenus. Je vais y raconter le moment de lâcher ce manuscrit vers les éditeurs. Me reviendront sans doute les réponses que tout auteur redoute : « Nous avons lu avec la plus grande attention votre texte, mais malgré tout l'intérêt qu'il présente sur le plan historique et documentaire, nous ne sommes pas en mesure de donner une suite positive. Veuillez agréer, Monsieur, etc. » Mais peu importe. S'il n'a pas l'envergure d'un livre pour tous, il aura sa place, sous la forme d'une trentaine d'exemplaires édités à compte d'auteur, dans les rayonnages modestes des bibliothèques de quelques proches dont il raconte l'histoire, et de leurs descendants qui pourront y lire, saisi dans sa perspective de saga familiale, le compte-rendu enrichi des grandes heures vécues par les Nonnenmacher de Drusenheim, Bas-Rhin, durant la deuxième guerre mondiale. Pour tout t'avouer, j'ai même poussé le vice jusqu'à vouloir remonter jusqu'à la guerre de trente ans. C'est dire.

Petit avant-propos méthodologique : j'ai entrepris une démarche pas vraiment scientifique, mais tout de même rigoureuse. Mes sources sont les suivantes : le récit écrit par mon grand-oncle, Joseph Nonnenmacher, de sa déportation à Buchenwald entre novembre 1943 et mai 1945 ; le récit écrit par ma grand-mère Alice Nonnenmacher (sa sœur), des événements qu'elle a vécus entre septembre 1939 et la fin de la guerre ; des entretiens enregistrés par ma sœur Marie à Aix en Provence, au cours desquels elle échange avec Joseph pour lui faire raconter dans les détails ce qu'il a enduré dans les camps de travail ; enfin, des sources documentaires diverses, sur la guerre de trente ans, sur le drame d'Oradour, la fin de la seconde guerre mondiale et la découverte des camps. On peut ajouter à ces sources historiques, des sources littéraires, comme Grimmelshausen, Primo Levi, Robert Antelme, Jorge Semprun, Marguerite Duras et d'autres. J'ai cherché librement à faire dialoguer la grande histoire avec celle, plus petite, de ma famille. J'ai téléphoné aux anciens qui vivent encore, pour avoir des détails, pour questionner sur des dates, des noms, des impressions, je suis allé les voir et nous avons parlé de tout autour d'un bon repas, d'un thé ou d'une pâtisserie. Et je n'ai jamais voulu me couper d'une forme d'inspiration libre et romanesque. C'est un parti pris, j'assume. Ce livre n'est donc pas un documentaire. Ce n'est pas non plus un roman. Peut-être un récit. Tout bêtement.

Et puis, lecteur, je vais te dire une chose, pour que tout soit bien clair entre nous. Je fais bien comme j'ai envie. Hein ? Pas la peine de maugréer.

Tel que tu ne me vois pas, je suis en train de refermer les enveloppes dans lesquelles j'ai glissé un exemplaire de ce manuscrit. J'ai mis un certain temps à choisir les éditeurs auxquels je vais adresser une version. Le choix fut ardu. J'ai un peu le cœur serré à l'idée de laisser partir ces quelques semaines de travail intense. Mais je suis satisfait, car j'aurai fait ma part. Oh, presque rien, une toute petite pierre. Un caillou. Un grain de sable. Mais il est des cohortes de sans-grade, des armées d'inconnus, muets et niés pendant des décennies, qui trouveront peut-être ici un peu de la voix qui leur aura manqué. L'Histoire se fait souvent à grand coups d'éloquence, à travers les récits de ceux qui ont pu accéder au micro, toucher des oreilles attentives. L'organe vibrant du général De Gaulle, faut avouer, ça t'a une autre gueule que les phrases banales et modestes d'un pauvre fils de maquignon. Ici, je donnerai la parole à ceux qu'on n'a pas voulu écouter et qui, par modestie, pudeur ou fatalisme, ont préféré durant des dizaines d'années se taire et conserver insus leurs cauchemars et leurs amertumes. Ils ont le droit aussi à une petite place dans le sein du passé.

Alors, lecteur, je suis dans le bureau de poste, on me regarde un peu de travers, parce que j'ai les bras chargés de mes nombreux colis - mon réalisme m'a conduit à multiplier les flèches dans l'espoir de toucher au moins une cible. La guichetière est aimable : elle m'aide à commander les étiquettes autocollantes avec la machine qui ne fonctionne jamais correctement. Mais ce qui l'intrigue vraiment, c'est un paquet qui ne ressemble pas du tout aux autres. Il n'est pas emballé dans une enveloppe au format A4, contrairement à ma ribambelle de manuscrits. Comme je vois bien qu'il interpelle singulièrement notre postière, je me fends d'une explication. Il s'agit d'un petit colis en forme de cube. J'ai utilisé pour lui la boite d'un réveil numérique acheté sur internet, et que j'avais conservée, allez savoir pourquoi. Dans cette boite, j'ai disposé, au milieu d'un lit confortable de confettis de polystyrène (je ne vous fais pas de dessin) un boulet de canon ancien, datant du début du $17^{\text{ème}}$ siècle. C'est un petit boulet en bronze. Pas très lourd, mais tout de même, un joli pedigree : tout droit sorti de la gueule de l'Histoire, craché par le fût d'une bombarde de l'armée protestante du roi de Suède. Et justement, je l'envoie poste restante en Suède, dans une localité choisie au hasard dans l'annuaire.

Non, je ne te dirai pas pourquoi.
Voilà, lecteur, tu me prends la main dans le sac : c'était fait exprès, pour que tu te poses un peu des questions avant de tourner la page.

Chapitre Un.

(Saint-Léonard-de-Noblat, mai 2016.)

Je n'ai pas trouvé la route immédiatement. Enfin la route, c'est beaucoup dire : ce chemin tournant d'herbe et de caillasse couleur craie qui sort de la départementale 941. On la rejoint en quittant la D 19 après Ambazac et Châtenet en Dognon. Là, en voiture, j'avais curieusement aperçu une rue, peut-être même un « boulevard » de Drusenheim. Je démêlerais plus tard le comment du pourquoi.

Il faut dire d'emblée au lecteur que la toponymie de ce récit ne sera qu'un gros foutoir à en perdre un peu son latin, et que les dates n'auront guère à envier à la lessiveuse géographique. Mais je n'y suis pas pour grand-chose : l'Histoire s'est chargée souvent au vingtième siècle d'envoyer les destins individuels se balader aux quatre coins de l'Europe. Après tout, la mondialisation est en marche depuis un sacré bout de temps, et il faudra une focale solide et un bon sens de l'orientation pour nous tirer ensemble de ce tragique bordel. J'avoue également que je me permettrai – « est-ce que l'on sait d'où l'on vient ? » comme disait l'autre – d'exercer sans parcimonie l'art de la rupture narrative. Bref, « on voit que je suis en beau chemin… »

Et à propos du chemin, nous en étions restés à cette départementale 941 qui nous amène, peu avant l'entrée du bourg de Saint-Léonard, à ce sentier tournant sur la gauche, que j'ai failli manquer et qui nous fait passer en montant sous des arbres avenants, juste à côté de la ferme des Dessagne, dont plus tard je serai amené à parler en détail, et pour cause. Le chemin sinue, part sur la droite, se glisse au milieu de petits vallons cossus, et s'achève un peu en queue de poisson au lieu-dit « chez Léger ». C'est indiqué sur google maps©.

Nous nous garons là, dans le chemin, et je vois arriver ma mère, avec le sourire qui ne la quitte presque jamais. Elle s'appelle Elisabeth, mais plutôt Gaby. Oui, pour les noms propres aussi, c'est toute une histoire ; c'est comme ça. On s'embrasse, elle m'explique les propriétaires, le chalet voisin, me montre cette fameuse ferme que l'histoire familiale n'avait cessé de mentionner, sans qu'on eût pu jamais (jusqu'à présent) se figurer quelle était sa forme, ni la couleur de ses pierres, ni la vue sur le village depuis le jardin. On ne disposait que d'un cliché datant de l'époque de la guerre, pris par on ne sait qui, au temps où toute la famille, ayant quitté Drusenheim lors des évacuations de populations de 1939 en Alsace, était partie se réfugier en zone libre. Je sais que c'est un peu compliqué, lecteur impatient, mais rassure-toi, tu vas comprendre.

La ferme dite « chez Léger » est une bâtisse qui a dû être rachetée il y a quelques années. Un corps de ferme solide, en pierres apparentes, posé perpendiculairement à la pente de la colline, sur un tertre à peu près plat faisant office de cour herbeuse. Le toit est fait de belles tuiles simples gris anthracite, et la façade est en pierres apparentes beiges rejointoyées à la chaux. Au rez-de-chaussée, comme à l'étage, les portes et fenêtres sont à croisillons, blanches et crème, et forment un ensemble à la fois bourgeois et simple. La résidence secondaire à la campagne, dans toute sa splendeur. Je le dis sans blaguer. Un muret dessine la propriété et surplombe un léger devers. Depuis ce muret on a une vue magnifique vers le village de Saint-Leonard, en contrebas. Qu'on se figure simplement les mamelons couverts de blé, ou de prairie, la forme des maisons blotties les unes contre les autres autour d'un dédale de rues médiévales, avec façades réhabilitées, pavés solides sous les pieds, et au milieu un joli clocher, coiffant la collégiale Saint-Léonard, admise au patrimoine de l'UNESCO avec le chemin de Saint-Jacques de Compostelle, au titre de joyau de l'art roman du Limousin. Si vous ne me croyez pas, c'est sur wikipedia©.

Que viens-je faire ici, en mai 2016, accompagné de Blanche, ma fille de 15 ans, moi, le fils de Gaby, elle-même la fille d'Alice et d'Alphonse ? Et bien je m'incruste à la dernière minute dans un week-end organisé pour permettre à Joseph, dit Jo, le frère d'Alice et donc mon grand oncle si on veut bien me suivre, à sa femme Dédé, et à d'autres personnages secondaires, de participer aux ostensions de Saint-Léonard, qui ont lieu tous les sept ans, et qui sont l'occasion de pavoiser toute la ville et d'en faire « the place to be » pendant quelques jours. Je vous passe les fanions faisant des ciels chamarrés dans les ruelles, concentriques sur la place Gay-Lussac, ainsi que les bouquets de crépons (enfin cette année, pour pouvoir les réutiliser dans sept ans, on les a tous refaits en plastique) qu'on a noués partout dans le village, sur les portes, au bord des routes, sur les façades et aux fenêtres. C'est très joli. Et Jo vient à l'invitation du propriétaire actuel, rencontré un peu par hasard lors d'une cérémonie l'année précédente, faire d'une pierre deux coups : un, les ostensions, et deux, retrouver cette ferme où, entre 1939 et 1943, il vécut des années heureuses à travailler aux champs, à élever des cochons, puis à apprendre le dur métier de boucher, tout en vivant, comme on dit, d'expédients. Il y a là Jo, Dédé et Rose (la petite sœur de Jo) avec son mari

Maurice, ainsi que leur fils Pierre, dit Pitou. Ce n'est pas tout, se trouvent également dans la petite société Monique, une nièce de Jo, Jean-Laurent, un neveu de Jo, Jean-Jacques Louvet le fils du propriétaire de la maison, son frère Thierry marié à Nancy, une américaine elle aussi présente, et un groupe d'une douzaine d'adolescents, tous enfants de leurs amis, et qui fréquentent un lycée privé parisien. Dans le lot, pour la petite histoire, il y a d'ailleurs le fils d'un célèbre acteur et chanteur français, connu entre autre pour sa prestation dans un film à succès évoquant le prénom germanique le plus honni au monde depuis qu'un de ses avatars a entrepris de conquérir l'Europe pour en faire son royaume millénaire. Si vous suivez mon regard.

Je sais, vous êtes un peu perdus. « Qu'il est facile de faire des contes », disait notre auteur-mystère tout à l'heure. Encore une fois, même s'il faut prendre sur soi vue la tournure de cette entame, ce ne sont pas des contes, mais ma version authentique de la plus sévère vérité historique.

Chapitre Deux.

(Choriol, août 2016)

Puisqu'il est si facile de voyager à travers les routes campagnardes de la « diagonale du vide », laissez-moi donc vous montrer à quel point, si on peut ergoter sur sa diagonalitude, on est plus qu'en droit de douter largement de sa vacuité. Il y a d'abord, lorsqu'on arrive par l'autoroute, la lente montée depuis la vallée de la Limagne, ponctuée à chaque kilomètre par les petits panneaux indicateurs de l'altitude. 435m au début, juste après la bifurcation de l'A 71 vers l'A 89. Puis 515, et assez rapidement 635m et plus encore, pour parvenir à près de 930m d'altitude quand la vue se dégage sur la chaîne des volcans, que l'on contourne gentiment. Vous, je ne sais pas, mais moi, cette vue m'enchante à chaque fois : y a-t-il quelque chose de tellurique qui me parle, les mystères du sous-sol, ses chambres magmatiques éteintes ou endormies, dont je perçois la voix silencieuse à travers pouzzolane et basalte ? A moins que ce ne soit la conjonction majestueuse des cheminées de lave érodées, le dessin doux des Puys, la couleur calme et apaisante des prairies, leurs dégradés de verts variés et vivifiants ? Ou n'est-ce pas le ciel, d'autant plus somptueux que l'horizon le dessine malin, original, excentrique ? Ce ciel dont les nuages semblent toujours se presser là pour souligner le caractère ? En tout cas, à chaque fois ça me fait la même chose : seul dans la voiture, je parle à voix haute, je m'exclame, je verbalise mon enthousiasme.

Ensuite, il ne faut pas manquer la sortie 25 de Saint-Julien Puy-Lavèze. Prendre la route vers le rond-point, puis suivre les panneaux indiquant La Bourboule et le Mont Dore. Aller à droite à hauteur de Laqueuille-gare, immédiatement après le passage à niveau, et suivre la route sans hésitation jusqu'à Saint-Sauves d'Auvergne. C'est dans un hameau de cette commune. A 140 kilomètres à l'Est de Saint-Léonard de Noblat. Les deux endroits n'ont rien à voir. Sauf le nom religieux. Sauf cette vue qu'on a du petit sommet où la maison se niche, vers le village blotti autour de son église. Sauf l'impression de campagne et de terre. Sauf les champs et les vaches, paissant, indifférentes.

C'était la ferme du père Boyer. Ses deux petits pommiers tordus, l'ombre des deux tilleuls devant la porte. Le corps de ferme fier et droit, planté d'Ouest en Est, dirige la croix de faitage, comme un doigt impérieux en cul de bouteilles de champagne incrustées dans la pierre de pays, vers le noble horizon d'en face, le Puy gros, le pas de l'âne, la ligne de crête, la pointe grise et changeante du Sancy, ses crocs déchiquetés. Je ne me lasse pas de cette vue. C'est ici que je vais m'installer, piquer de vieilles pierres, les rejointoyer, construire et rénover. Sans doute ce centre volcanique a-t-il sur moi l'effet d'attraction d'une boussole imaginaire. Et plusieurs choses me frappent : la ferme avec vue sur le clocher voisin car la situation y est très semblable à celle de Saint-Léonard, que j'ai découverte trois mois auparavant ; le nom des deux villages : Saint-Sauves et Saint-Léonard ; enfin, la fonction de refuge et d'accueil. Comme mes lointains parents de 1939, c'est sans doute le giron réconfortant d'une terre prodigue et chaleureuse, un abri contre les violences de l'époque, que je suis venu chercher ici.

Chapitre Trois.

(Saint-Léonard, le 13 novembre 1943)

Ce matin du 13 novembre 1943, Joseph s'amusait à pousser devant lui, à grandes goulées d'air tiède, de petits nuages de condensation. A dix-huit ans, ce gaillard solide avait dans le regard l'insouciance de sa jeunesse. Il revenait d'une course à travers champs avec les deux frères Dessagne, Louis et Paul. Il fallait, à l'approche de l'hiver, aller battre les blés moissonnés à la fin de l'été. La batteuse était une machine lourde et chère, aussi le village n'en possédait-il qu'une ou deux, et les paysans se la prêtaient mutuellement. Les trois jeunes gens guidaient l'attelage tiré par les deux bœufs, en direction du lieu-dit « Chez Léger ». La route était abrupte par endroit, et le chemin tournant d'herbe et de caillasse couleur craie, s'il était praticable, demandait tout de même un peu de dextérité dans la conduite des bêtes et de la charrette. Joseph avait l'habitude de ces tâches exigeantes : il était débrouillard, et son sens de l'improvisation, son enthousiasme à apprendre avaient fait de lui, depuis l'arrivée de la famille Nonnenmacher dans le Limousin, un gars plein de ressources. Il avait appris, entre autres choses, à diriger l'attelage, à participer aux travaux des champs, à tuer le cochon. Après avoir assommé la bête avec une sorte de gourdin, puis égorgé, on récupérait d'abord le sang pour le boudin, qu'on mélangeait avec un peu de vinaigre pour éviter qu'il ne coagule trop vite. Ensuite, on ébouillantait le corps de la bête en versant, dans la vasque en granit qui sert aujourd'hui de pacifique «bassin» décoratif, pour pouvoir plus aisément enlever les poils d'abord grossièrement, puis plus finement à l'aide d'un rasoir. On pendait ensuite l'animal par les pieds de derrière afin de laisser refroidir les chairs. Le lendemain enfin, on procédait à la découpe des différents morceaux. Rien ne se perdait dans le cochon : jusqu'au cœur et aux poumons qu'on pouvait manger avec une sauce savoureuse. Bien sûr, il y avait les odeurs fortes du sang et du lisier, le corps inerte et pesant de la bête à débiter, la résistance un peu écoeurante de la viande quand le long couteau effilé s'attaquait aux jambons, à l'épaule et au reste. Mais ce n'était pas pour déplaire à Joseph. Il avait su tirer son parti de cette corvée : on lui échangerait les bons morceaux contre des cigarettes, du sucre ou même parfois du chocolat, et les gens du village avaient vite pris l'habitude de venir demander au petit alsacien s'il n'avait pas, des fois, quelques saucisses bon marché ou une bonne tranche de lard pour agrémenter les pommes de terre.

Il était à Saint-Léonard depuis le début du conflit. La déclaration de guerre ayant poussé sur la route de l'exode comme on dit, toute la population des villages alsaciens les plus proches de la frontière, la famille entière, à l'exception d'Alice – restée avec son futur mari dans la maison familiale de Drusenheim – avait pris la route de Brumath au matin du 4 septembre 1939. Les jeunes avaient accompli ces trente kilomètres à vélo, doublant avec émotion et même, faut-il le dire, avec excitation (c'était l'aventure quoi) les carrioles dans lesquelles s'empilaient effets personnels, meubles et enfants que des mères en pleurs tentaient de consoler. Mais on connaît la chanson, tant on nous l'a rabâché, le cliché de la débâcle ! De Brumath, on entassa tout le monde dans des wagons à bestiaux, direction Saint-Léonard, loin de la fureur des combats qui du jour au lendemain devaient secouer la torpeur de la drôle de guerre.

L'arrivée au village ne fut pas des plus chaleureuses, car là-bas, la rumeur avait précédé le convoi, et on attendait, dans une certaine angoisse méfiante, ce qu'on appelait l' « arrivée des boches ». C'est une constante dans la culture des alsaciens, que cette impression toujours un peu gênante de se sentir des étrangers, qu'on se tourne vers l'Est ou qu'on regarde à l'Ouest. C'est un peuple du zénith : ils n'ont droit qu'au petit bout de ciel qui les coiffe, coupés du reste du monde qu'ils sont par les Vosges et sa jolie ligne bleue d'un côté, et par la forêt noire et ses cris de loup de l'autre. Mais ce bout de ciel, et le beau jardin qu'il éclaire, ça oui, ils y tiennent.

Un accueil froid, donc. Mais tout s'arrangea peu à peu, bien entendu. On ne peut pas rester toujours insensible à la souffrance des exilés, des déplacés, des familles jetées dans l'exode, surtout quand on finit par comprendre que malgré leur patois aux consonances germaniques, ce sont de bons petits français tout de même. Ce fut d'abord un aristocrate local, M. Dunoyer de Segonzac, - époque révolue où les élites avaient du cœur et le sens des responsabilités - qui les hébergea dans sa grande maison, au centre du village, puis les familles furent progressivement dispersées dans toutes les fermes et les maisons des alentours. Comme quoi, quand on se pousse un peu, on peut faire de la place. Plus tard, les Nonnenmacher avaient fini par prendre un bail de fermage « chez Léger », pour vivre de leur sueur avec plus ou moins de bonheur, jusqu'à ce samedi de novembre, et les petits nuages de condensation, devant le visage riant de Joseph qui conduisait les animaux.

Ce sourire se changea soudain en givre glacé, lorsque tout affairé à sa tâche, au bas du chemin qui montait vers la ferme, là où se trouve aujourd'hui la plaque commémorative de ce moment que je raconte, tout près du Temple dont il reste quelques ruines, levant la tête, Joseph aperçut trois silhouettes en haut du chemin, qui avançaient vers eux. Trois longues figures, gainées du cuir de leur grand manteau, les mains enfoncées dans leurs poches, un chapeau de feutre à large bord sur la tête. Pas de doute : la gestapo. Et on venait pour eux, selon toute apparence. L'affaire fut vite entendue. On cherchait un déserteur, un homme nommé Sutter, qui avait fui l'Alsace pour éviter d'être enrôlé de force dans la Wehrmacht, et qui, selon toute vraisemblance, se cachait quelque part dans le village. Et tout naturellement, comme la majorité des alsaciens réfugiés à Saint-Léonard étaient rentrés chez eux, tout naturellement la gestapo soupçonnait que ledit Sutter s'était réfugié dans la ferme des derniers alsaciens qui étaient restés en Haute-Vienne, chez « Léger ». Il leur fallait leur tribut, un exemple, et ce groupe de trois innocents ferait l'affaire, puisque dans le lot, il y avait Joseph, le fils du vieil alsacien revêche qui avait refusé, quelques minutes auparavant, de lâcher sa fourche pour saluer les représentants du troisième Reich dans leur manteau de cuir. On reparlera du père de Joseph, ce vieil Alfred, « bedaine allemande de buveur de bière, mais cœur français et insoumis », comme il aimait à le dire si souvent. Les trois jeunes hommes, donc, furent arrêtés, et transférés à Limoges. Joseph en réchapperait ; quant aux deux autres, des gars du coin, qui n'avaient rien demandé à personne, ils y laisseraient leurs vies.

A Limoges, ils furent entassés avec d'autres dans une cellule où il était impossible de se coucher, car il n'y avait que deux lits. Dans un coin de la pièce, la tinette trop petite servait à tous. Inutile d'insister sur l'odeur et l'ambiance qui régnaient dans ce cloaque. Les deux premiers jours de captivité, Joseph ne put rien avaler, puis la faim aidant, il fit comme les autres et se nourrit. Régulièrement, on voyait partir vers la Kommandantur des hommes qui passaient l'épreuve de l'interrogatoire. A leur retour, on comptait les hématomes, les traces de coups, le sang caillé sur les visages et ailleurs.

Joseph, Louis et Paul attendaient avec angoisse que ce fût leur tour, terrifiés.

Chapitre Quatre.

(Marseille, les Calanques, septembre 1998)

La France vient de gagner la coupe du monde de football. Je ne suis pas le seul à avoir rêvé, enfant, à cet événement. Au moment du troisième but d'Emmanuel Petit, j'ai comme une sorte de malaise, et je quitte la tribune où je me trouve. Je vais sous les gradins pour reprendre mes esprits. Oui, car le soir du 12 juillet 1998, je suis dans le stade, et j'assiste à la victoire de l'équipe d'Aimé Jacquet.

En 1982, lorsque les Allemands nous avaient battus en demi-finale, à Séville, j'avais pleuré. J'avais 13 ans, et cette défaite, je l'avais trouvée insupportable. C'est tout de même quelque chose, pour des gens sans esprit belliqueux (nous sommes nombreux), que cet acharnement de l'histoire, petite ou grande, à diriger votre rancœur contre un peuple auquel, pourtant, au départ, vous n'avez pas envie d'en vouloir particulièrement.

Le 7 septembre, deux mois après cette retentissante victoire sportive, Jean-Claude Bianco, pêcheur marseillais tranquille et bonhomme, sortit en mer avec son petit bateau de pêche, comme à l'accoutumée. Deux heures plus tard, il écarquillait les yeux devant un bout de métal, accroché, comme il arrive parfois, aux mailles de son filet. On ne croit pas souvent aux pêches miraculeuses, mais enfin parfois le sort vous réserve des surprises. Penché sur ce morceau brillant, il eut le cœur fouetté. Et la tachycardie se fit bradycardie quand, retournant le morceau d'argent, il put lire sur l'autre face : «Antoine de Saint-Exupéry (Consuelo), c/o Reynal and Hitchcock Inc, 386 4 th Ave, N.Y. City, USA.» Il venait de remonter à la surface la gourmette de l'infatigable arpenteur des altitudes. L'auteur du *Petit Prince* et de *Vol de nuit*.

La découverte amena sur la zone un certain nombre d'autres curieux, plongeurs amateurs pour certains, et après des mois d'exploration, on finit enfin par retrouver, à peu près à la verticale de l'endroit où la gourmette fut découverte, les restes du Lightning P38 aux commandes duquel se perdit le pilote, soldat et écrivain français. C'est un bel avion tout en reflets de bronze, qu'on aperçoit de loin et dont on ne peut s'empêcher de suivre, au ciel, la carlingue bicaudale. Oui, car en plus d'avoir cette peau luisante de poisson vif-argent, le Lightning P38 est unique en son genre : il possède deux queues. C'est un avion récent, conçu en 1939, et qui présente le considérable avantage de surclasser en distance de franchissement le fameux

Spitfire anglais. Les Allemands, sur le théâtre méditerranéen des opérations, l'appellent d'ailleurs « Gabelschwanz Teufel », ce qui signifie littéralement (on ne peut pas nier à la langue allemande sa précision expressive) : « Diable doté d'une queue fourchue ». Dans la mythologie guerrière, on ne sait pas trop à quel genre d'animal on a affaire, mais il est redoutable. Il vole loin, longtemps, et laisse planer au-dessus des villes et des campagnes sa silhouette de scorpion volant. C'est grâce à ses caractéristiques techniques que Saint-Exupéry put décoller depuis la Corse, puis survoler tout le couloir rhodanien jusqu'à Annecy - où Maurice, le futur mari de Rose, la petite sœur de Jo, alors jeune garçon, l'aperçut qui faisait demi-tour le jour de sa disparition - puis retourner vers le Sud, avant de se faire descendre et de s'abîmer en mer le 31 juillet 1944. Tout est dans les journaux, on peut vérifier. On trouvera même la nature des différents éléments physiques de l'avion sortis de l'eau : une jambe de train d'atterrissage, et une des deux poutres de sa carlingue si particulière.

J'en entends un ou deux grommeler qu'on ne sait pas où on va, qu'on passe de la gestapo à la coupe du monde de foot, de Saint-Léonard à Marseille, bref que c'est le foutoir, cette histoire.

On a raison.

C'est vrai.

Mais d'une part, j'avais prévenu (voir chapitre Un), et d'autre part, ce n'est pas de ma faute si un pêcheur a retrouvé les restes d'un aviateur mythique en 1998, la même année que la victoire de Zidane, ni si Maurice, le mari de Rose, la sœur de Joseph, m'a dit le 5 mai 2016, dans la ferme chez « Léger » où nous dînions, qu'il avait aperçu dans le ciel d'Annecy alors qu'il était enfant, la silhouette reconnaissable entre toutes de l'avion du héros. Je n'invente rien, et les pièces du puzzle ont décidé de s'emboîter les unes dans les autres sans mon aide. D'elles-mêmes.

La preuve : en 1982, le match de Séville, vous ne croirez jamais où je l'avais regardé.

Je l'avais regardé sur un petit poste de télé noir et blanc de 12 cm de diagonale, à Ferrières, chez Maurice et Rose, à peu près à l'endroit même d'où Maurice, le 31 juillet 1944, alors qu'il avait 13 ans, avait aperçu, levant la tête au sortir d'un repas familial, le Lightning P38 de Saint-Exupéry, faisant demi-tour pour la toute dernière fois avant le crash dans les Calanques. Possible que ce ne soit pas vrai et que Maurice soit un affabulateur, mais je le crois convaincu que c'était véritablement ce jour-là, et qu'il fut un des derniers à l'avoir vu vivant.

Chapitre Cinq

(Limoges, novembre 1943)

Ce fut un jour le tour de Joseph, Louis et Paul, que nous avons laissés dans leur cellule au poste de police de Limoges, d'affronter la Kommandantur et les séances d'interrogatoire. A son entrée dans la pièce, un SS reconnut Joseph. Il le présenta ironiquement à ses collègues : « Ah, mais voilà le jeune monstre qui ne veut pas parler allemand. »

Il est temps, sans doute, de faire une petite mise au point sur cette affaire de langue. Vous vous souvenez que les familles alsaciennes arrivant à Saint-Léonard avaient dû d'abord essuyer le regard méfiant, voire franchement hostile, de la population. A leur arrivée dans le village, ces réfugiés parlaient en effet entre eux comme ils le faisaient à Drusenheim, c'est-à-dire en alsacien. Autant dire, pour les locaux, en allemand. D'où cette rumeur qui avait accueilli les réfugiés comme une traînée de poudre : « les boches arrivent !». Faisons-leur justice : pendant ce temps-là, les boches, les vrais, étaient en train de fomenter leur plan d'invasion de l'Alsace. Il n'y avait là que des familles de réfugiés qu'on avait jetées dans des trains, et qui débarquaient, inquiets, apeurés, affamés, après avoir traversé la France. Des réfugiés, des migrants, qui parlaient alsacien, à mi-voix, entre eux.

Mais reprenons : cette famille Nonnenmacher, nous n'en avons pas encore dressé l'inventaire. Il n'y avait pas que ceux dont j'ai déjà cité les noms. J'avoue m'être dit d'abord qu'il fallait ménager la mémoire du lecteur ; je sais que je l'ai déjà un peu malmené, et il sera d'accord pour dire que point trop n'en fallait.

Le chef de famille, c'est Alfred. L'homme à la bedaine allemande mais au cœur français. Admirateur inconditionnel de Napoléon, bonapartiste qui avait au fond de l'âme le dessin d'une France bien différente de celle que la troisième République avait tracée par la suite. Et Alfred est né allemand. Sa langue natale, celle qu'il apprit à l'école, fut l'allemand. Faut-il rappeler que l'Alsace n'est française que depuis 1918 ? Les gens nés entre 1870 et 1918 étaient allemands. Leur langue officielle était l'allemand. Mais Alfred était bonapartiste, et il voulait, à toute force, rester français. Il faut se figurer qu'on a pu changer quatre fois de nationalité en une seule vie, dans ce pays. Aussi, quand il fallut quitter Drusenheim le 4 septembre 1939, il décida d'emmener toute la famille, et en particulier tous les jeunes hommes, afin d'éviter que ceux-ci ne deviennent, si la région était annexée, des soldats de l'armée allemande. Et cet homme déjà avancé dans l'âge avait une grande famille. Son épouse Marie, née Doll, était sage-femme, mais à Saint-Léonard elle n'avait le droit d'accoucher que des alsaciennes. L'aînée des enfants, Joséphine, née en 1917, était là avec eux pour canaliser et guider les plus jeunes du haut de ses 22 ans. Pour moi, Joséphine, c'est cette petite bonne femme maigre et discrète, qu'on appelait tata José, qui vivait seule en vieille fille, nous rendait visite quelquefois de la ville d'où elle arrivait en train, dans sa jupe bleue marine et ses chemisiers à col Claudine. Je la trouvais plutôt pas marrante ; trop coincée, bigote et sérieuse. Sa deuxième fille s'appelait Alice (ma grand'mère) et son père avait décidé de la laisser dans la maison alsacienne parce qu'elle avait un travail et pouvait donc, grâce à son salaire, payer les traites de la maison construite quelques années auparavant. En plus, elle venait juste de rencontrer un garçon à l'hôpital de Hoerdt, et ils avaient convenu de se marier. Alphonse, son futur mari, avait aussi un revenu, et le couple saurait tenir en état la maison familiale en l'absence de tous les autres. Il était tout à fait hors de question, pour Alfred, que ses fils pussent endosser l'uniforme allemand. Laurent, le premier fils, avait 19 ans. Il était né en 1919. Pour moi, Laurent, c'était un type sérieux et impressionnant, que je revois torse nu dans la cour de sa grande maison, où il élevait des chevaux. Puis venait Marie-Thérèse, qu'on appelait Mick, née en 1922. Pour moi, tata Mick, c'est la maison de Drusenheim où elle vécut avec ses nombreux enfants, après la mort prématurée de son mari Henri d'une hépatite dans les années 50, c'est aussi la cage avec le berger allemand qui me terrorisait quand j'étais enfant. C'est aussi le grand escalier de béton pour monter à l'étage, et le jeu de croquet dans le jardin, avec maillets, arceaux métalliques, et boules de bois. Son cadet, Joseph, était né en 1924, le 14 août pour être précis. Fernand, le troisième garçon, n'avait que 13 ans, et il devait succomber en 1941 à une méningite foudroyante à Saint-Léonard. Robert, né en 1928, avait 11 ans au moment de l'exode. Pour moi, Robert, c'est un homme doux, qui venait de temps en temps nous voir, et qui vendait des voitures. Il avait une moustache pour faire comme une maison à son sourire. Mado, née en 1931, avait 8 ans. Pour moi, Mado, c'est la femme moderne, répondant avec insolence à son mari, et dont l'arme préférée pour détruire dans l'œuf toutes les formes de vanité est l'humour ironique préventif. Et puis il y avait Rose, née en 1935, âgée de 4 ans lors de l'exode, et qui devait accompagner tout ce petit monde dans ses larges habits de petite dernière : espiègle et rigolote – elle continue de l'être aujourd'hui à plus de 80 ans – elle dévalait la colline à pied tous les matins pour aller s'asseoir sur les bancs de l'école de Saint-Léonard, ou sur les bancs de l'église romane, dont elle garde un souvenir ému et communicatif. Elle dit, à mi-voix, dans la nef de l'abbatiale, en 2015, « nous avons laissé ici une part de nos âmes. »

Finalement, c'est une chance qu'en arrivant, cette grande famille ait pu trouver la maison du père Noël (pardon, c'est son vrai patronyme) à prendre en fermage. Il venait de l'acheter, une ou deux années avant, ayant remporté par chance un joli pactole à la loterie nationale. Noël prit donc dans ses murs toute la famille, lui loua son bâtiment pour 3 ans, puis 6 ans, et vit toutes ces âmes arpenter ses terres, entasser le blé dans sa grange, élever ses cochons, et faire chauffer dans le grand foyer la marmite fumante. Si tous parlaient entre eux en alsacien, les enfants maîtrisaient aussi le français, qu'on leur avait enseigné à l'école, puisqu'ils étaient nés au pays de La Fontaine et de Molière, coup du sort du destin. « Chez Léger, tour de Babel et arche de Noël. »

Le vieil Alfred, lui, ne parlait que l'Allemand, mais croyez bien qu'il se faisait une joie de se taire lorsqu'il se trouvait devant un représentant du troisième Reich. « Ventre d'allemand, mais cœur français ». On pourrait ajouter : paroles allemandes, mais langue contrainte, langue tordue, langue au supplice, langue retenue…

S'il avait su, le jeune officier allemand, lorsqu'il dit à la cantonade, en voyant arriver Joseph dans les bureaux de la gestapo de Limoges, en ce matin de novembre 1943, « Ah, mais voilà le jeune monstre qui ne veut pas parler allemand» ? S'il avait su tout cela, il aurait peut-être compris les raisons du mutisme du petit Joseph. Joseph le bilingue, Joseph devenu un peu le chef de famille, puisque le père, Alfred, se trouvait coincé dans son identité paradoxale : enfin en France de l'intérieur, et plutôt bien chez lui, mais empêché de communiquer avec ses compatriotes par la barrière de la langue, ce piège ironique construit dans son âme et sa bouche par l'Histoire. Alfred voudrait être français, mais ne sait parler que l'allemand, et il est hors de question pour lui d'adresser un seul mot aux allemands occupants. Joseph sait bien qu'il est français, et pourrait aussi bien parler en allemand, se faire comprendre de ces trois policiers en habit de cuir ; mais que dirait Alfred, si son propre fils venait à trahir la cause ? Alors non, il ne parlerait pas la langue de Goethe : fierté un peu, loyauté surtout. A moins que ce ne soit l'inverse.

On ne sait pas trop bien ce qui se passa dans les têtes de ces hommes, dans ce bureau. Mais ce qui est certain, c'est que tout conspira pour mener à l'irréversible déportation de Joseph. Rapide coup d'œil de l'officier sur les papiers d'identité, et une idée cruelle : « Tu es un dénommé Nonnenmacher Joseph, né le 14 août 1924 à Drusenheim, en Alsace, donc tu fais partie du grand Reich. Je te propose d'accepter la nationalité allemande et tu seras libre. » Dans la tête de Joseph, ça ne peut que rebondir avec fracas. Oui, c'est bien mon nom. Oui, c'est bien ma date de naissance. Oui, Drusenheim est en Alsace. Mais affirmer qu'il fait partie du grand Reich, alors qu'Alfred ne jure que par Napoléon, et reste muet devant le moindre allemand, par défi ! Alors ça… Vous pensez bien que la seule réponse qui fût possible, c'était non. « Je suis né français, et je ne veux pas me déshonorer. Je désire rester français. » - « Dans ce cas, tu en subiras les conséquences. » Et les officiers allemands de s'amuser à encercler Joseph, se l'envoyant les uns aux autres à coups de poings, en riant. Avec Louis et Paul Dessagne, il sera déporté.

On les jette dans l'escalier. On leur donne un morceau de pain et un petit saucisson sec, seul viatique pour le voyage de deux jours qui commence, vers une destination inconnue.

Chapitre Six

(Saint-Léonard, mai 2016)

Le temps est au beau fixe, la campagne est rayonnante et verdoyante. La maison est majestueuse. La pelouse, très simple, n'est agrémentée que d'un petit saule pleureur aux branches garnies de feuilles légères, dont on voit le bois solide des branches à l'écorce grise coiffer la chevelure émeraude, et d'une grande vasque de pierre faisant office de fontaine. C'est dans cette même vasque que Joseph ébouillantait le cochon entre 39 et 43. Nancy est la femme américaine de Thierry Louvet, le frère de Jean-Jacques qui nous a reçus chez lui. Elle est venue ce soir de mai 2016 avec son mari : ils habitent tout prêt puisqu'ils ont racheté et transformé l'ancienne grange par laquelle on arrive en gravissant le chemin creux. Pour cela, ils ont fait venir en France des artisans charpentiers et maçons du Montana, aux USA. Par containers entiers, ils ont importé les fûts de sapins rouges qui ont servi à construire, avec vue sur Saint-Léonard, ce chalet immense et luxueux, dans lequel, pour le week-end, sont venus se détendre la petite douzaine de jeunes gens. Ce soir, nous les avons invités pour l'apéritif. Nancy a été reporter pour une télévision américaine. Elle raconte quelques anecdotes sur un sujet qu'elle avait tourné au Vietnam. A l'arrière-plan de l'image, il y avait un de ces personnages pittoresques qu'on croise (paraît-il) si souvent dans ces régions reculées : il portait une sorte de manche de bois sur l'épaule, comme un balancier auquel étaient suspendues des choses d'abord indiscernables, mais que Nancy, à son grand dam, avait fini par identifier en plissant les yeux : oui, c'étaient bien des rats. Elle n'en revenait pas, et ne pouvait s'empêcher d'éprouver une sorte d'horreur irrépressible à cette idée. Des rats, a-t-on idée ? Mais pourquoi le sujet des rats était-il donc arrivé dans la conversation ?

Je me rappelle : la grange, transformée en magnifique chalet du Montana, n'avait pas toujours été ce lieu de luxe et de repos confortable. Lorsque les Alsaciens étaient arrivés en 1939, Jo s'en souvient très bien - et dans le week-end, je l'entendis raconter cette anecdote au moins deux ou trois fois - il avait un jour exploré les entrailles de la grange où l'on entreposait le foin. En poussant la porte pour aller s'occuper du battage, il avait senti une sorte de grouillement soudain vers le fond de la grange. Ses yeux s'accoutumant peu à peu, il s'était rendu compte qu'il s'agissait d'une armada de rats, dérangés dans leurs occupations par l'irruption brutale de la lumière, qui s'égayaient pour se cacher dans les trous nombreux parsemant les murs. Les rats arrivaient souvent lorsqu'on battait les foins, attirés par le grain. Il avait fallu rivaliser d'ingéniosité pour les déloger et libérer la bâtisse : Jo avait rougi un fer au feu, et l'avait emmanché dans tous les trous accessibles, afin d'y griller les rongeurs qui y auraient trouvé refuge. Cette histoire avait le don de provoquer les protestations de dégoût de Nancy. Quant à Jo, il dit bien qu'il trouvait ça presque « marrant », lui, que les rats lui grimpassent gentiment dans le pantalon.

L'Amérique nous a sauvés du Reich millénaire, cela ne fait pas de doute, mais c'est au prix d'un tison alsacien que les rats de la grange abandonnèrent le navire pour laisser place aux pins du Montana. C'est un drôle de contraste, d'ailleurs, que celui qui oppose les deux bâtisses : le chalet est moderne, les baies vitrées sont volontairement immenses, il y a une piscine adjointe au bâtiment. Elle dispose, dirait-on, des standards du confort moderne. La ferme « Chez Léger », elle, est restée pour ainsi dire dans son jus. Le sol est encore couvert des tomettes d'origine en terre cuite, les escaliers de bois n'ont pas bougé depuis deux ou trois siècles : sombres et usées, les marches ont été creusées par le passage incessant des générations de pas qui s'y sont succédé. On peut lire sur les murs, dans le granit de la cheminée, la marque du temps, et s'imaginer à quoi devaient ressembler les soirées au coin du feu, lorsque toute la famille Nonnenmacher y habitait : Marie faisant chauffer la marmite sur le feu, pendant que Jo et Laurent étaient partis chercher du bois ou vendre la viande débitée juste au bout de la maison, dans l'atelier de boucher qu'ils avaient aménagé.

Nous trinquons, en évoquant ce temps révolu, et faisant resurgir les anecdotes, les histoires. Comment Jo et ses frères s'amusaient avec espièglerie à taquiner les femmes de la ferme lorsqu'elles allaient faire leurs besoins dans le petit cabanon : une des planches de la cloison, judicieusement fragilisée, pouvait être actionnée depuis l'extérieur pour devenir une sorte de batte de bois (comme celles qu'utilisaient les femmes au lavoir) qui claquait sur les fesses de celui (ou plutôt de celle) qui était venue ici pour se soulager. Les cris qu'elle poussait faisaient détaler les gamins espiègles et farceurs qui s'étaient rendus coupables de la blague. Et Jo n'était pas le dernier. On pourra lui pardonner : on n'est pas sérieux quand on a 17 ans. Ils avaient aussi imaginé un stratagème machiavélique pour attacher le drap des cousins qui se trouvait dans la chambre de l'étage à une ficelle, qui traversait le plancher par un trou pratiqué à des fins de canular. En bas, la ficelle était actionnée de nuit, pour faire croire à la femme que son mari prenait tout le drap et le tirait vers lui. Ils pouffaient tous de rire à l'étage du dessous, quand l'affaire du drap tournait à la fâcherie entre les deux époux, parfois à la dispute sonore.

Bref, c'était la guerre.

Chapitre Sept.

(Entre Compiègne et Buchenwald, du 14 au 16 décembre 1943)

Depuis Compiègne, où on leur avait donné leur morceau de pain et leur petit saucisson, Joseph, Louis et Paul Dessagne furent entassés avec 120 autres déportés, dans des wagons à bestiaux. Tout n'est pas dit sur ce transfert de deux jours et deux nuits, sans eau, qui fut tel que certains en perdirent la raison.

Dans la nuit de la barbarie, celle qui fut et celle qui reviendra, il n'y aura que des îlots de récits, de témoignages, de traces écrites pour le souvenir ou l'édification. On ne la verra pas revenir cette barbarie prochaine, la décennie qui mettra au sol toutes les œuvres et toutes les beautés, qui foulera au pied toute l'humanité, car elle a le don de Morphée. Peut-être est-elle déjà là, intégrée aux machines et noyée dans les illusions du bonheur hybride. Souvenons-nous des derniers mots de Saint-Exupery : « La termitière future m'épouvante. Et je hais leurs vertus de robots. » On a fait des monstres de ceux qui ne savent plus lire, de nos enfants confits d'admiration béate devant les modèles arrogants et tragiques du présent. Mais passons. Nous sommes là pour tirer ensemble le fil de la Vérité, pour que son sillon soit retrouvé plus tard dans les ruines d'une bibliothèque, après que la catastrophe aura rouvert les yeux de ceux qui sont aveugles. Quand les survivants auront compris qu'il faut réapprendre à lire, sur une page blanche.

Les secousses du convoi avançant lentement sur les rails, la nuit, l'entassement d'un tel nombre de corps transpirants, moites, empêchaient le sommeil. Chacun devait se surveiller pour ne pas tomber sur son voisin, pour ne pas entraîner tout le wagon dans un chaos de corps désarticulés. Il ne faut pas anticiper ; ce ne sont pas encore des marionnettes sans identité, déshumanisées. A côté de Joseph, les frères Dessagne se soutiennent mutuellement en se parlant à voix basse. Sans doute évoquent-ils quelque souvenir secret de l'enfance, ou peut-être parlent-ils d'un lieu qu'ils fréquentaient ensemble lors des parties de chasse. Joseph se concentre sur ce qu'il voit. Il gamberge sur la façon de s'adapter au mieux à la situation. La tinette est dans un coin du wagon. Les 120 passagers qui sont là doivent tous utiliser le même petit tonneau pour leurs besoins. Alors la question qu'il se pose est la suivante : faut-il y aller tout de suite, avant que la nuit n'ait donné aux autres l'envie de s'en servir ? Quand 60 personnes y seront passées, dans quel état sera le fût ? L'odeur, au bout de quelques heures, devient insoutenable, et certains des passagers osent demander à voix haute à travers les cloisons de bois s'il est possible de s'arrêter et de laisser sortir, ne serait-ce que quelques minutes les occupants, pour qu'ils puissent faire ça dehors. Des aboiements injonctifs leur parviennent en réponse. « Nein ! Tout le monde se tait, on va bientôt arriver ! »

La deuxième nuit, cela devient intenable : certains, déshydratés, commencent à délirer à voix haute. Ils s'agrippent à leurs voisins, plantent leurs ongles dans les avant-bras les plus proches, poussent de petits cris désarticulés qui font penser à des animaux en cage lâchant de grands coups de diaphragme à travers leurs gorges. Parfois, on se croirait dans un zoo au moment du déplacement des animaux d'une cage à l'autre. Jo, dans la nuit, ferme les yeux, et essaie de dormir debout par tranches de 20 secondes, pour ne pas avoir le temps de tomber. Il y parvient deux ou trois fois, mais le spectacle d'un voisin proche qui urine en silence dans son pantalon, ou le bruit écoeurant d'un vomissement dans le fond du wagon, lui passent l'envie de fermer l'œil ne serait-ce qu'un instant. Les autres commencent à devenir des prédateurs pour Joseph ; Joseph sent que lui-même se met à devenir un prédateur pour les autres. Ce wagon est la jungle. Ce voyage est un safari ignoble qui doit les mener au bout de ce qu'ils sont, qui les plonge aux sources ancestrales de leur animalité.

Moi, je ne sais rien de ces deux nuits. Je sais seulement que dans son court récit écrit, Joseph les laisse pudiquement dans la demi-lumière d'un résumé de quelques lignes. Pourtant, il en dit assez pour que j'aie l'impression de devoir me servir du récit pour en reconstruire l'inhumaine aventure au bord de la folie. Il dit ceci : « C'étaient des conditions si dures, si inhumaines, que certains d'entre nous en ont perdu la raison. Il est difficile d'exprimer les souffrances endurées pendant ces journées. Et ce n'étaient que les prémisses de ce qui allait suivre. »

Moi, je ne sais rien de ces deux nuits ; seulement que c'était des conditions inhumaines qui ont rendu fous certains des passagers, certains des êtres qui se trouvaient là. Seulement que ces souffrances sont « difficiles à exprimer ». Oui ; c'est difficile de trouver des mots. Mais cherchons, et vous lecteur, vous voyez que je suis dans de beaux draps, vous voyez que je pourrais facilement vous jeter aux yeux la poudre de perlimpinpin de l'imagination, embarquer Joseph pour les Indes afin qu'il n'aille pas dans ce camp de travail, afin que personne ne le transforme en matricule 38730 ; vous voyez qu'il ne tiendrait qu'à moi de le tirer de cet abîme par la force de la fiction, que je pourrai tout d'un coup le réveiller, le prendre dans mes bras et lui souffler que non, que tout ceci n'est qu'un cauchemar et que tout va bien, qu'il se lèvera demain et qu'il pourra aller sur le chemin de cailloux et de craie, vers Saint-Léonard, vendre quelques bas-morceaux à l'hôtelier. Mais Jo ne voudrait pas que je fasse ça. Il préférerait que je ne vous cache rien de ces champs d'Asphodèle, de ces Limbes depuis lesquels on n'ose pas deviner la colère, les flammes et le Styx à venir.

Moi, je ne sais rien de ces deux nuits. Aussi je les invente un peu.

Chapitre Huit.

(Alsace, près de Brisach, vers 1635)

Je crois qu'il est temps de se permettre une petite respiration comique.

Et pour cela, je propose de parler de la guerre de Trente ans.
Si.
Drôle d'idée ? Quel rapport avec la choucroute ? Vous avouerez que cette expression familière ne peut pas mieux tomber qu'ici, non ? Vous auriez préféré qu'on revienne soit au football, soit à Saint-Exupéry, qui sont plus légers. Oui, c'est vrai. Mais je n'ai pas envie. Je voudrais faire une tentative : parler de cette guerre qui dura trente ans et décima l'Alsace de façon bien plus spectaculaire que les simagrées du paranoïaque de Berstesgaden, et voir si la distance historique nous autorise à en faire aussi un sujet d'amusement. Alors, accrochez vos ceintures !

La « guerre des suédois » : voilà comment on appelle cette guerre en Allemand. Mais comment donc ? Que viennent faire les suédois dans cette histoire alsacienne ? Grosso modo, des catholiques contre des protestants. On a vu ça ailleurs, n'est-ce pas. En fait, les choses sont d'une complexité sans nom : des morceaux d'Espagne en Hollande, des princes et des duchés dans tous les sens, des villes libres qui contrôlent des points de passage sur le Rhin. Un pont à Strasbourg entre les mains d'une ville puissante qui reste neutre et paie des mercenaires pour assurer sa sécurité relative dans la fureur des exactions commises par les uns ou les autres qui déferlent périodiquement sur la vallée du Rhin. Un pont à Bâle, contrôlé par la ville. Et au milieu, un seul autre point de passage, le pont de Brisach, que Richelieu, avant de mourir, décide de conquérir pour le bien du royaume de France. Des Suédois, protestants, qui viennent combattre les armées catholiques, débarquent avec leur belles chevelures blondes, leurs chromosomes de géants musclés, qui laissent dans les jardins, comme vous l'allez voir, les boulets de bronze de leur artillerie, et qui, pour certains, finissent par rester là, trouver l'âme sœur, fonder une famille. Bref, c'est une mozaïque de confettis, un patchwork de duchés et de princes, des intérêts croisés, contradictoires, fumeux.

Un jour un jeune garçon du nom de Simplex Schnapphahn – allez savoir, lecteur, pourquoi ce nom – rentrait du pré de luzerne, tout près du Rhin, où il était allé faire paître un troupeau de moutons dont il avait la garde. Comme dans les histoires de pasteurs des temps jadis, il était doté pour tout bagage d'une boîte de Pandore paradoxale où étaient rangés de conserve et la plus grande ignorance de la vie et du monde, et le plus sûr talent pour la flûte à six trous. Il promenait ainsi sur les bois et les champs, sur la plaine et le Rhin, dans l'ombre des taillis et le fiel saumâtre des auberges borgnes, son regard naïf de jeune garçon qui n'a rien vu ni rien vécu, et les mélodies sublimes que son innocence issait de son flutiau de bois sec (j'utilise à dessein certains vieux mots, lecteur, pour faire mon intéressant). Simplex revient du pré, en poussant devant lui les quelques bêtes au pas aléatoire qui agrémentent de bêlements sonores le beau ciel orangé de cette fin de journée d'automne. On est aux abords de Geisswasser, un tout petit hameau de paysans, à quelques encâblures du Rhin, où se trouve la ferme de ses parents.

Au détour d'un bosquet, voilà les Suédois. Une horde de centaures monstrueux, barbus et vociférateurs hirsutes, qui font courir les montures de droite et de gauche dans un galop confus et effrayant. On le prend par le col, on le jette sur un âne, et dans la mêlée son flutiau lui échappe et va se planter dans la vase bourbeuse. De son double bagage, il ne lui reste plus que l'ignorance ; on l'écarquille comme ferait un brandon d'une sorcière, la terreur dont le nom lui échappe, ce tison de l'âme qui lui tord l'intérieur sans qu'en rien elle ne puisse l'aider à nommer sa souffrance, se met à ardre dans son échine, et à faire trembler tous ses membres.

On l'amène ainsi de force assister de tout son jeune regard soudain dépucelé, à la mise à sac de la ferme, au pillage et au meurtre, au viol et aux déprédations. Cet animal nouveau, qui est pour lui comme l'irruption de l'enfer au milieu de l'Eden de son enfance brisée, ce centaure de la soldatesque, ce loup gris et féroce qui déferle dans le décor jusqu'alors préservé, c'est une bande de mercenaires de l'armée suédoise. Inutile d'expliquer en détail ce qui amène ici ces bandits de grand chemin : ils ont signé pour l'armée du roi Gustav Adolf Vasa, un de ces contrats de quelques semaines, qui leur demande de combattre les soldats de l'armée catholique de Tilly et Wallenstein. Mais ne retournons pas dans le livre d'Histoire, il faut rester ici, mettre ses yeux au ras du sol, et voir ces brutes à l'œuvre, à hauteur d'homme et de cheval. Il suffit de savoir que leur salaire est fait de pillage et de vols.

L'un d'entre eux, poussant devant lui l'attelage cacophonique d'une langue inconnue, semble donner des ordres. Ou bien les choses se font d'elles-mêmes, et ses cris ne servent qu'à lui donner l'illusion qu'il est le chef. Du moins c'est la question que se pose Simplex, car tout lui semble courir au désastre et à la dysharmonie. On mène rudement la servante Martine dans une grange où elle reste plusieurs minutes, en compagnie de trois des mercenaires, poussant de temps à autre un cri strident entre deux longs gémissements désolés. Simplex ne comprend pas. L'un des cavaliers descend soudain de sa monture, pour attraper le Mathieu, commis d'étable et de cuisine qui certes n'était pas bien futé, mais qui sans doute n'a pas mérité, pour ses malveillances et quelques peccadilles, d'être ainsi torturé. On lui ouvre la mâchoire de force, on y introduit un morceau de bois qui traînait là, pour lui laisser gueule béante. On le pousse à la renverse au-dessus du tas de fumier qui trône au milieu de la cour. Et le soldat farceur, d'un pas boiteux et traînant, s'en va quérir un seau dans l'étable, qu'il remplit de purin au passage. En éclatant de rire, il s'approche du Mathieu, dont le souffle commence à s'accélérer, pour suivre le rythme d'agonie dans lequel son cœur est déjà entré, mû par la terreur qui envahit ses membres. Si ça n'était pas tragique, franchement, ce serait très drôle. Le pauvre se débat sous le poids du bourreau, qui lui marche sur le corps. La bouche grande ouverte, il ne peut rien contre le lisier fumant que l'autre lui verse dans la gorge, en annonçant fièrement : « prends, va, prends-en ! C'est de la bonne potion suédoise ! ». Et c'est dans un soubresaut de pantin désarticulé qu'il rend son âme au ciel, noyé par la gorge qui ne chantera plus, dans les humeurs fumantes et puantes des animaux. Cependant, un peu plus loin, dans le concert des barbares ricanant, on en voit deux qui roulent, dans une taie vidée de ses plumes d'oie, quelques morceaux de lard et autres jambonneaux, fruit de leur ladrerie et butin dérisoire dérobé dans le cellier. Le chef, pour parachever le pillage et ponctuer son salaire d'un point final retentissant, ne sachant ni lire, ni écrire, ni penser, ni raisonner, ni même prier selon toute vraisemblance, se dirige vers sa monture, sort d'une des sacoches de cuir qui pendent sur ses flancs, un boulet d'artillerie, ramassé sans doute sur un champ de bataille quelque part entre Andlau et Vieux Brisach, et s'approche du corps d'une de ses victimes. Elle vit toujours, par on ne sait quel coup du sort. Ligotée par les mains, couchée sur le dos, les yeux écarquillés vers la barbe miteuse qui s'approche d'elle. Et dans un éclat de rire tonitruant, le grand suédois la regarde, lève le boulet de bronze juste au-dessus de sa tête, et non sans avoir demandé à sa victime de dire un ou deux pater et son dernier « credo », lui lâche ledit boulet en plein milieu du front. Le crâne fait un petit bruit sec de noix sur laquelle on aurait marché, et le corps de pauvre hère cesse alors de bouger, se contentant de produire quelques derniers petits chuintements grotesques.

Simplex, qui a pu se cacher dans l'étable cependant, se terre derrière un tas de foin. Il attend que parte la horde des fous. Il a tout vu ; il n'a rien compris. Quand tout s'est calmé, à la tombée de la nuit, il va prendre le boulet d'artillerie encastré dans la tête du cousin Diogène, et de rage, le jette au fond du jardin. On l'y retrouvera à l'occasion de la réfection d'un muret, en 1956.

Je vous avais dit qu'on allait bien rire…

Chapitre Neuf

(Saint-Léonard, 6 mai 2016)

Il y a là toute une bande de vieux, et de moins vieux. Joseph arpente avec calme les rues de Saint-Léonard appuyé sur sa canne, il a son gilet marron par-dessus la sempiternelle chemise à carreaux que je lui ai, je crois, toujours connue, et fermée par cette lanière de cuir faisant office de cravate, qui vient de l'imagerie américaine, du western, qui lui donne de faux airs de John Wayne - eût-il fallu encore qu'en lieu et place de son béret, il portât un Stetson - et qu'on appelle un « bolo ». Je crois que je ne lui connais pas d'autre coquetterie vestimentaire. A ses côtés Dédé, sa femme, petite et un peu rouée, suit en faisant des commentaires sur son homme, avec l'ironie mordante si commune chez les très vieux couples où l'affection se dit de façon gentiment vacharde. Jean-Jacques, notre hôte chez « Léger », nous guide à travers les ruelles, en nous expliquant en détail la tradition des ostensions. Il est curieusement escorté d'une abeille qui s'est posée sur sa tempe : elle semble s'y plaire, au point de ne pas bouger pendant qu'on avance vers l'abbatiale. Cela fait d'ailleurs le bonheur des touristes, nombreux, venus profiter des animations. On est venus de tous les pays, ça parle un peu toutes les langues dans les rues : une sorte de Babel tranquille et modeste, dans laquelle on aurait enterré la hache de guerre. Plus loin il y a Gaby, avec Monique, la spécialiste familiale de la généalogie. Depuis quelques années, elle a construit tout un arbre, collectant les noms, dates de naissance et de décès. Incollable sur toute l'onomastique familiale, elle est aussi très fière de tout ce qu'elle sait par ailleurs, dans des domaines aussi variés que la botanique, l'Histoire, la cuisine et les terroirs, la littérature, le nom des points de coutures ou de broderie. C'est une mine. Pitou est avec nous, ainsi que ses parents, Rose et Maurice, qui traînent leur pas tranquille et leur accent savoyard plein d'espièglerie et de bonne humeur, dans ce beau décor. Et puis il y a Jean-Laurent, le fils de Mado, l'une des sœurs de cette grande fratrie que j'ai présentée plus haut. Quant à moi, je suis, accompagné de Blanche, ma fille, qui me taquine comme elle aime le faire, et qui accompagne de bonne grâce la petite troupe, en riant sous cape des blagues de Rose et des remarques cinglantes de Dédé, qui font pour elle comme une sorte de folklore fort distrayant. Nous prenons notre temps pour nous diriger vers l'abbaye, pendant que notre guide emporte sur sa tempe sa petite abeille parasite et divertissante.

Dans l'abbatiale, nous baissons la voix, car la nef romane présente une acoustique qui en impose. Mais comme Jean-Jacques connaît tout le monde, et que ces anciens sont loquaces, au pied de chaque pilier, sous les voûtes, ça s'arrête pour causer, évoquer le passé, la déportation. Nous sommes dans un temple du souvenir, et Rose ne manque pas un détail croustillant pour nous faire frissonner. Dans une sorte de placard vitré se trouvent conservés dans un reliquaire les restes de Saint-Léonard. Les Saints du calendrier ont cette manie d'avoir laissé ici ou là des morceaux de leurs squelettes, dont souvent on a pris le plus grand soin. En l'occurrence, le crâne entier est enfermé à l'intérieur d'une sorte de boîte confortable tapissée de velours, et l'on s'aperçoit que la texture de l'os a été polie par les centaines de centaines de mains venues les effleurer lors des cérémonies. Rose se souvient que, petite, elle a dû caresser l'occiput du Saint et qu'elle en avait conçu un fort sentiment de crainte et de respect. Elle devait avoir 5 ou 6 ans, et je veux bien croire qu'en effet, elle ait pu toucher la sacrée tête, et que cela lui soit resté. Parmi les amis de Jean-Jacques, il y a un diacre, ou je ne sais qui d'important dans la paroisse, qui nous propose soudain un privilège. C'est à peine si on l'entend, car sa voix baisse encore d'un ton dans le concert des chuchotements déjà à peine audibles. Si nous le suivons, par cette porte dérobée dans le transept, nous pouvons accéder à un endroit interdit au public : par un petit escalier de pierre, passer dans la chambre où les lépreux avaient le droit d'assister aux offices, au-dessus du chœur, et gagner les cintres de ce théâtre de prière : la voûte de la nef présente un envers de maçonnerie approximative, qu'on peut traverser par un vieil escalier de bois, qui mène ensuite vers la flèche, où l'on peut monter jusqu'à la grande cloche par un escalier rouillé et peu rassurant. Et voilà nos octogénaires gravissant les marches étroites et inégales, s'agrippant aux arêtes des pierres, et s'extasiant dans un souffle devant le spectacle des voûtes romanes vues d'en haut. Deux ou trois touristes nous ont suivis, profitant clandestinement du passe-droit à nous seuls accordé. Et l'un d'entre eux monte même jusqu'à la cloche par l'escalier branlant. Pas de chance, ladite cloche retentit, car l'heure, c'est l'heure, et qu'un petit moteur automatique a remplacé depuis longtemps le sacristain dans l'office du temps.

Après cette visite un peu spéciale, occasion d'un cours de connaissance sur le Moyen-Age, nous redescendons boire un verre à la table d'un bar, et en chemin, nous croisons encore des citoyens de Drusenheim, car une délégation officielle est reçue par le maire, invitée pour les ostensions en vertu du jumelage qui unit les deux cités depuis les épisodes de l'exode. C'est drôle, car Monique croise ici certains de ses voisins, à 600 kilomètres du bercail, et l'accent alsacien résonnant en plein cœur de la Haute-Vienne, est comme un symbole réjouissant de l'abolition provisoire des distances et du temps. Est-ce que nous sommes ici ? Est-ce que nous sommes maintenant ? Quid du hic, quid du nunc ?

Profitons de la faille spatio-temporelle pour nous y engouffrer.

Chapitre Dix

(Buchenwald, décembre-janvier 1943-44)

Lecteur, je me questionne. Le récit de l'oncle Jo est visible sur internet. Il suffit de taper son nom suivi du mot « témoignage ». Aussi, est-il bien nécessaire que je me lance là-dedans ? J'avoue que ça ne m'amuse pas vraiment.

Mais reprenons. Reprenons-nous. Le ciel est cristallin, rigide de froid. Les nuages de gaz carbonique qui s'échappent des bouches transies se transforment vite en givre sur les cils et dans les cheveux. Ce n'est pourtant pas pour cette raison qu'on les coupe, ainsi que toute autre forme de pilosité. Nids à microbe, culte aryen de la propreté et de la prophylaxie. Tout est blanchi de givre et la clôture du camp étincelle de lumières dans la nuit. On extirpe du wagon les bestiaux, ces anciens hommes devenus en trois jours de voyage aussi blêmes que les fantômes de la nuit dantesque. On les pousse à grand coup de gueule et de matraque sur le chemin médical et administratif pour eux tracé. « Arbeit macht frei ; jedem das seine ». Le travail rend libre ; à chacun son dû. Buchenwald est un camp de travail. D'humoristes aussi, semble-t-il. Au détour du chemin, sous les lumières artificielles, Jo aperçoit un tas de cadavres blanchis, comme décorés de froid. Ce sont les corps de ceux que le travail a finalement rendus libres. A chacun son dû. « La marchandise pour le crématoire ». Dans le récit de Jo il y a des guillemets. C'est donc une citation. Mais de qui ? Qui a énoncé cette phrase ? Et quand ? Un camarade d'infortune, se sentant l'obligation d'expliquer aux nouveaux ce qui ne s'explique pas ? Un gardien allemand, par souci de faire un bon mot ? Un camp d'humoristes, vous ai-je dit.

Bref. Après la confiscation de tous les vêtements, de tous les effets personnels, vient le cérémonial de la tonte. Dans ce troupeau humain, tout est organisé, personne n'a le loisir de se débattre – ce qu'eussent fait sans doute de vrais moutons - au milieu des aboiements de chiens et de SS. On fait monter sur une sorte de banc de bois les prisonniers un à un, afin qu'ils passent devant le « coiffeur » : ce dernier est confortablement assis, et les hommes passent sur le banc, devant lui, afin qu'il n'ait qu'à se pencher un peu pour leur raser les parties génitales. C'est plus pratique comme ça. Et quand l'un des nouveaux semble se plaindre de la médiocre efficacité du rasoir, le « coiffeur » – il faisait partie des humoristes du camp – se saisit de son sexe, tire dessus, et fait mine d'affuter la lame de son rasoir sur le cuir du pénis humilié, en riant à pleines dents. Après ce poste-là, vient celui du nettoyage : tout le monde cache sa nudité comme il peut, pendant que le préposé au tuyau ouvre les vannes, et s'amuse à alterner eau froide et eau bouillante. C'est plus drôle ainsi, non ? Mais une douche, c'est insuffisant, alors il faut aussi passer tout entier, tête comprise, dans une grande bassine contenant un mélange d'eau et de crésyl désinfectant. Et le resquilleur qui cherche à garder la tête hors de l'eau est aussitôt enfoncé violemment dans la baignoire, de force et un peu plus longtemps que ses camarades, histoire de goûter une première fois au supplice (le camp regorgera plus tard de variations infinies de ce supplice) de la suffocation.

Dépouillés, nus, rasés, désopilé par ce sain humour désinfectant, nettoyés, rendus à leur nature bestiale et assimilés par le système administratif, les anciens hommes, ceux qu'on vient ainsi de raturer de leur propre existence, vont devenir des « rayés ». C'est simple : à la place de leurs vêtements, on leur donne cette espèce de pyjama bleu-gris et blanc à rayures, une casquette, des sandales à semelles de bois. Ils sont rayés de la carte, extraits du territoire, comme des dents pourries arrachées de la bouche du monde. On colle sur la tenue de Jo un triangle rouge frappé d'un F. C'est un prisonnier politique français. La couleur rouge est réservée aux étrangers. Eût-il été allemand, et prisonnier de droit commun, il porterait un triangle vert ; asocial ou libre-penseur, un triangle noir ; homosexuel, un triangle rose ; ecclésiastique, un triangle violet. Et comme il faut vraiment prouver à ceux qu'on tue ainsi que c'est scientifique, il y a encore une grosse seringue, énorme, avec une aiguille épaisse et longue, comme celles qu'on utilise pour les chevaux. On les pique au milieu de la poitrine : ça va plus vite, ça fait plus mal, et c'est bien plus amusant. Puis c'est l'arrivée dans les dortoirs. Chacun contient entre 400 et 450 individus. On ne peut plus guère les appeler que comme cela : il leur reste seulement l'indivision de leur corps, moins les poils. Eux, dans ce qui leur reste d'insécable ? Au passage on a croisé un « numéro » qui poussait une brouette remplie de viande bien rouge. Jo se demande si ce n'est pas de la viande humaine, qu'on va donner aux chiens. On est au troisième cercle des enfers. Celui où règne Cerbère.

Maintenant, il faut passer à la ligne.

Le matin, au réveil, tout le monde passait aux toilettes. Qu'en termes bien choisis ces choses-là sont dites. J'explique. Avec un peu plus de réalisme. Ames sensibles, protégez-vous. Camp d'humoristes. J'ai dit les « toilettes ». Je dois préciser. Il s'agissait d'une tranchée d'environ un mètre et demi de large, équipée de chaque côté d'un rebord sur lequel les prisonniers venaient s'asseoir à heure fixe chaque matin pour faire leur besoin. Et l'un d'entre eux, chaque matin, avait une certaine longueur de colon qui lui sortait de l'anus, et qu'un de ses camarades l'aidait à replacer à l'intérieur. Comme une chaussette. On ne sait pas ce qu'il est devenu. Il n'a pas dû rester longtemps en vie.

A la ligne, cette fois. Je sens que certains lecteurs un peu impressionnables ne vont pas tenir très longtemps. On passera donc plus rapidement sur d'autres souffrances indicibles, comme la punition aux resquilleurs, le jour où Jo et quelques camarades voulurent se soustraire à la corvée de ballast. Le wagon empli de lourdes pierres à tirer par groupe de seize, sur un dénivelé de 8 mètres - Sisyphe ? même les pires tortures, on ne les invente jamais tout à fait - et la question cinglante des gardiens, leur demandant s'ils voulaient se « reposer ». Ce verbe étant devenu de façon soudainement très claire, synonyme de « mourir ». Non, ils ne voulaient pas « se reposer ». Du moins pas tous. Certains se laissèrent aller, et d'autres, plus jeunes, plus résistants, dotés par la nature d'un appétit de survivre un peu plus grand, s'accrochèrent chaque jour au sursis qu'on leur accordait.

Chapitre Onze.

(Ferrières, le 8 juillet 1982)

L'équipe de France de football était entrée dans ce « Mundial » espagnol tout doucement ; battue par l'Angleterre 3-1, mais sortie de la première poule malgré tout ; puis facile première de la seconde poule et qualifiée pour la première fois depuis 1958 (l'année Just Fontaine, qui reste toujours le recordman de buts marqués en phase finale d'une coupe du monde) en demi-finales de cette compétition. On pourrait faire comme beaucoup de commentateurs, et rejouer l'opposition de styles : l'Allemagne et sa rigueur, sa puissance physique, contre la France et son panache, sa créativité. Platini, Tigana, Genghini, Giresse, ce quatuor qu'on appela le « carré magique ». De fait, les curieux retrouveront s'ils regardent quelques minutes de cette rencontre une vraie différence culturelle entre l'équipe française et l'équipe germanique. C'est visible, patent même. Ils verront aussi, pour les plus anciens avec une certaine nostalgie amusée, la lenteur du jeu, les corps normaux des joueurs, et pour les standards actuels presque trop maigres, gringalets. En ce temps-là, on faisait du football autant avec sa tête qu'avec ses muscles, et la performance était un jeu collectif où ce qui comptait c'était la vitesse du ballon entre les joueurs davantage que celle des joueurs autour du ballon. Mettez deux extraits de reportages vidéos côte à côte, vous allez rire : d'un côté, aujourd'hui, ces arrogants petits gladiateurs tatoués et bodybuildés, de l'autre ces copains de récréation, aux chaussettes qui ne tiennent pas sur les chevilles, aux maillots trop larges flottant sur des torses creux de tuberculeux. J'ai une tendresse marquée pour ces derniers, je l'avoue. Sans vouloir accabler cette équipe d'outre-Rhin, il faut tout de même expliquer au lecteur que l'Allemagne, de son côté, avait honteusement passé les premiers tours : d'abord battue par l'Algérie – victoire dont on se souvient encore du côté d'Alger et d'Oran, comme d'un coup de canif porté dans la suprématie occidentale, à l'heure de la naissance des puissances « émergeantes ». Ensuite, l'équipe de Jupp Derwall s'était qualifiée pour le tour suivant en « arrangeant » un match contre l'Autriche, qui permettait aux deux nations germanophones de se qualifier aux dépends des algériens. On a appelé cet Allemagne-Autriche « le match de la honte ». Curieuse réédition de l'Anschluss, en version sportive. Et post-colonialisme anti-africain, une fois encore. On avait déjà vu cela des dizaines de fois, on le reverrait encore. Bref, on retrouvait la France et l'Allemagne en demi.

A Ferrières, nous devions être arrivés depuis peu de temps. Les vacances d'été venaient à peine de commencer. Je me souviens que Maurice et Rose, à cette époque, habitaient à Annemasse, et que leur maison de Ferrières n'était encore que leur résidence secondaire. Cette maison était assez rustique, elle se trouvait au bout d'un chemin qui grimpait, dans les cailloux, en sinuant un peu, et d'où l'on avait une vue magnifique sur le lac d'Annecy, en bas, entouré des sommets du massif des Bauges. J'étais fasciné par cette maison : parce que c'était leur deuxième maison, et que je trouvais incroyable qu'on pût avoir une deuxième maison, qu'on avait choisie pour être celle du repos, du bien-être, de la beauté, du paysage, de la nature. Car je me souviens aussi un peu de l'appartement d'Annemasse, et non ça n'avait rien à voir : dans un immeuble assez laid au bord d'une avenue, un intérieur plutôt cossu, mais sans vue, avec des fauteuils aux ornements compliqués, des bibelots dans une bibliothèque, une grande table de docteur, avec sans doute une écritoire en cuir et un tampon-buvard pour les bavures au stylo à encre, pour ces ordonnances illisibles que Maurice devait écrire comme tous les médecins. Faut-il dire qu'il s'agissait d'une époque sans ordinateurs ? Faut-il expliquer pourquoi cela voulait dire qu'il s'agissait exactement d'une « autre ère » ? Pas d'ordinateur, et des tuberculeux rachitiques en demi-finale de la coupe du monde de foot !

A Ferrières, dans le jardin, les fils de Rose et Maurice (François et Pierre, le Pitou des chapitres précédents) avaient fabriqué avec leur père des buts de foot avec des poteaux de bois. Tout était un peu bancal et de guingois : d'abord parce que le jardin n'était pas plan, il fallait composer avec la pente naturelle de cette zone déjà montagneuse, et jouer en épargnant les fleurs de Rose ; ensuite parce que les poteaux de bois étaient dans leur jus, portant encore les nœuds de la branche d'où on les avait extraits. J'aimais beaucoup le mélange de réalisme - on pouvait se croire à Séville, jouer le match par avance dans l'après-midi, d'autant plus que Maurice avait acheté des filets qui tremblaient quand la balle entrait dans le but, comme à la télé - et de poésie : on distinguait dans les poteaux et la barre transversale, l'ancienne vie d'arbre des montants. Ils n'avaient pas abdiqué toute végétalité pour devenir des accessoires de jeu. Et puis nos hôtes, ces grands adolescents plus forts que nous, plus mûrs, s'ils avaient l'accent trainant des locaux, se bougeaient sur le terrain avec bien plus de vitesse et d'agilité que nous, jeunes freluquets du haut de nos 12 et 13 ans. Avec mon frère, nous avons beaucoup provoqué ces grands cousins sur le pré, et je crois me souvenir qu'au bout d'un moment, ils criaient grâce en riant, et voulaient arrêter, tandis que nous n'avions qu'une seule idée, continuer de transpirer pour espérer placer un coup franc enroulé dans la lucarne, comme Platini le ferait le soir durant la demi-finale – oserais-je dire « pour que » Platini le fasse, mû par la puissance magique de notre cérémonial performatif.

    La grande question qui nous agitait, c'était de savoir comment nous regarderions ce match de Séville. Car si la résidence secondaire était clairement un luxe, c'était un luxe sans équipement, une maison qui valait par sa rusticité. Donc, pas de télévision. J'en avais conçu un grand stress, et me désespérais à l'idée de ne pas pouvoir suivre la rencontre. Mais Maurice avait une botte secrète : dans la chambre de son plus grand fils se trouvait un matériel qui devait être une sorte de comble de la technologie pour l'époque – en tout cas dans mes yeux d'enfant. Il y avait là en effet un combiné radio – cassette – télévision, doté d'une antenne télescopique. Un objet étrange, que je n'avais jamais vu ailleurs. L'écran était noir et blanc, et devait faire 12 centimètres de diagonale. Autant dire que ce n'était pas simple de distinguer les joueurs ou le ballon. D'autant que la qualité de l'image était aléatoire, dépendant beaucoup de l'orientation de l'antenne, des chocs involontaires qui la faisaient bouger d'un millimètre. Nous étions 6 aussi à vouloir nous agglutiner devant pour suivre l'affrontement. Bref, ce fut une soirée épique.

Où je découvris le sens du « tragique ». Je lirais plus tard les tragédies célèbres, mais le sens concret du mot, ce hérissement de poils, cette « horreur » littérale, ces battements anxieux du cœur, c'est ce soir-là que je les ai compris dans mon corps, dans mon âme. D'abord à cause du déroulement de l'intrigue : cette tension, ce conflit latent, cette opposition des valeurs (puissance contre technique, force brute contre évitement subtil et espièglerie), dans laquelle nous étions pris sans même nous en rendre compte. Puis par la dimension initiatique : les français sont d'abord timorés, se laissent faire par une équipe allemande survoltée, désireuse d'aplatir le gringalet français. Gamins impressionnés terrifiés par l'ogre. Il faut apprendre à croire en ses chances, se révolter contre le fatalisme qui peut prendre celui qui se croit inférieur. Et Platini motivant ses troupes de la voix, car lui devait y croire, sentir le danger de se laisser faire ainsi par le bras armé des Hrubesch et autres Breitner, Stielike ou Kalz. Les noms sont déjà impressionnants, mais écoutez les prénoms : Horst, Paul, Uhlrich et Manfred… Les wisigoths, non ? Puis toute la dramatique de l'action, comme si elle avait été écrite par Racine : le premier but de Littbarski, attendu, inévitable en somme. Et la révolte française jusqu'à l'égalisation de Platini sur penalty. Puis la cavalcade démesurée de la prolongation, le but de Trésor d'une reprise de volée sous la barre, et celui de Giresse, un petit quart d'heure avant la fin du match, qui exulte comme un gamin, car dans sa tête à ce moment précis, il est qualifié. Et bien sûr le retournement final, le retour inespéré des allemands, la séance des tirs au but, le raté de Bossis, qui fut pourtant parfait de sang-froid durant toute la rencontre, humble et silencieusement efficace. Et pour que le tableau soit complet, l'injustice, l'intervention des dieux pour tourner dans la plaie la lame, pour extirper les larmes, la peur, pour brandir même le spectre de la mort. C'est Battiston se faisant arracher la tête par le Cerbère aux amphétamines, par ce Schumacher de gardien de but. C'est l'arbitre ne sifflant pas même un coup-franc, ne donnant pas même un petit carton jaune. C'est Platini tenant la main de son ami inconscient sur la civière, littéralement entre la vie et la mort. Bref, de quoi arracher toutes sortes de larmes à un jeune garçon de 13 ans : larmes de joie puis d'euphorie, larmes d'amertume et de révolte contre l'injustice, larmes désespérées lorsque tout fut fini.

Mais je ne savais pas alors que la France avait déjà rebroussé chemin face à l'Allemagne au même endroit, en 1944, en juillet également, lorsque l'avion de Saint-Exupéry fit demi-tour juste au-dessus d'Annecy, et sous le regard de Maurice, qui avait alors le même âge que moi en 1982. La silhouette argentée du lightning P38, abattu quelques heures plus tard par la DCA nazie, et son pilote, l'auteur génial de *Citadelle*, dont on retrouverait la gourmette dans un filet de pêcheur, le 7 septembre 1998. Je ne savais pas non plus que Maurice avait, ce jour-là, levé les yeux au ciel pour voir briller la carlingue du poète, comme il me le raconta en mai 2016. 1944. 1982. 1998. 2016. Chacune de ces dates est un trou que fait mon récit dans l'étoffe de l'Histoire, pour coudre ensemble ce que le temps défait, dilue, rend à la fois illisible et insensé. Le poète est celui qui défait le baratin flou des événements pour y remettre les hommes, la vie, le sens : cette part de silence. Sinon, à quoi bon. L'homme, c'est sans doute celui qui résiste à la dilution des jours, à la pulvérisation des êtres dans l'infinie cohorte des secondes, grenues, mais incapables de faire tenir ensemble la moindre expérience. Ce qui fait tenir, c'est la poésie. Cette aiguille et ce fil qui cousent ensemble les abacules atomisées de la mosaïque pixellisée du temps.

Chapitre Douze

(Drusenheim, 1939-40)

Alice, partie avec les autres en haute Vienne en septembre 1939, est rentrée seule à Drusenheim. Depuis mai 1940 elle affronte avec constance la présence allemande dans les rues, dans les maisons. Elle a rencontré son futur mari, mon futur grand-père, juste avant la guerre à l'hôpital de Hoerdt où ils travaillaient tous les deux au chevet des patients atteints de folie douce ou dure. Alphonse est un timide, et Alice une fille pleine de vie, qui ne cesse de rire mais qui, au fond, est sérieuse, sage et humble. On l'a élevée dans les principes de la charité, de la générosité et de la bonté chrétienne. Elle a bu les mots des prêtres, elle aime les bancs des églises, leur calme frais et reposant, les lumières qui traversent les vitraux et colorent les étoffes tristes de la vraie gaîté divine. Elle met sa vie au service des autres, et se nourrit des sourires qu'elle provoque et qu'elle entretient. C'est une vraie nature de vie : son rire est devenu légendaire dans la famille. Elle a joué après la guerre le rôle d'un centre ; c'est vers elle que tout le monde convergeait, autour de sa table qu'on riait ensemble, qu'on retrouvait les oncles de passage, que les cousins venaient jouer dans le jardin, ou au ballon dans la cour, cueillir des mirabelles, chasser les hannetons, grimper dans la petite grange pour inventer des vaisseaux spatiaux avec des morceaux de bois et des bouts de ficelle. Sa maison fut le lieu de nos premières découvertes, de nos premières joies, de nos émois d'enfants. Et s'il devait être un mot pour résumer ce qu'elle était, ce serait sans doute « espiègle ». Cet humour qu'elle avançait dans toutes les circonstances, même les plus tragiques de la vie – et dieu sait qu'elle en a traversées – j'en veux pour preuve ces deux lignes qu'on trouve à la première page du court récit qu'elle a écrit en 1996, il y a tout juste vingt ans, comme j'insistais pour qu'elle réunisse dans un cahier les bribes de récit qu'elle nous faisait souvent oralement. Elle parlait de sa scolarité dans les années 30 : « Mes sœurs et moi avons fréquenté l'école du village jusqu'à l'âge de treize ans. Les garçons, eux, y restaient jusqu'à quatorze ans : étaient-ils plus lents à apprendre, ou les filles étaient-elles plus douées ? La question reste posée. » Voilà ce que j'appelle du féminisme actif ; de la résilience intelligente ; ou simplement de l'esprit. Ma grand-mère était un peu punk.

En mai 1940, Alice ne sait trop à quoi s'attendre, mais sa surprise est grande lorsque, se décidant tout de même à franchir le pas de la porte de la maison familiale, elle découvre Alphonse, qui était resté à l'hôpital de Hoerdt, en train de remettre en place la cuisinière. On a volé le linge, tout est sens dessus dessous, mais les murs ont tenu, et elle retrouve là celui qui devient son mari quelques jours après.

Il faut imaginer les trajets quotidiens faits par Alphonse pour rallier Hoerdt depuis Drusenheim, chaque matin, en particulier dans cet hiver rigoureux de 1940-41. Le vélo zigzaguant entre les plaques de verglas, Alphonse parfois tombant à terre. Et toujours se relevant, pour arriver certains jours vers 10 heures du matin, alors qu'il était parti à 6 heures, 25 kilomètres plus loin. Mais il n'y a plus assez de malades pour justifier l'embauche de tant d'infirmiers, puisque la plupart ont été rapatriés vers l'intérieur des terres, alors on licencie les employés qui ne peuvent justifier d'au moins 10 ans d'ancienneté. C'est le sort réservé à Alphonse, qui doit trouver un nouveau travail.

Il aime depuis toujours couper au bord de l'eau, dans les zones un peu marécageuses, par les froids matins d'hiver, les jeunes pousses de saules dont on se sert pour faire les paniers d'osier. Et depuis petit, Alphonse apprécie spécialement la solitude tranquille que lui procurent les gestes précis, répétitifs, par lesquels on transforme avec patience la tige souple de bois en une forme solide et utile. Il fait des paniers. Ce talent que tous ne partagent pas, va lui offrir de repousser l'échéance d'une mobilisation dans l'armée allemande : car ces paniers sont utilisés pour le transport des munitions et pour l'effort de guerre. Aussi sa présence à l'arrière est-elle pleinement justifiée. Alphonse joue, comme Alice, à survivre dans le village devenu allemand, et il tâche de ne pas trop perdre son âme ni sa fierté.

Cher lecteur patient, il me faut te dire ici les questions que je me pose, les réflexions qui me viennent au sujet de l'Histoire quand j'entre timidement, sur la pointe des pieds, dans les émotions, les peurs, les courages qu'ont eus et que n'ont pas eus mes anciens. Moi, papi, je le revois marchant tranquillement, de ses jambes courtes, dans les plates-bandes de son potager. Je le vois avec son bleu de travail, toujours le même, qu'il portait pour faire pousser ses tomates, ou pour manger sa soupe en y trempant les morceaux de pains, dont il était cérémonieusement chargé de la découpe pour tout le monde, avec son canif à manche de corne, affûté par ses soins dans l'atelier de la petite grange où il rangeait ses outils et sa mobylette orange. Je le vois en été, qui nous faisait arroser les légumes à sa place, avec toute une série d'arrosoirs en métal galvanisé, un peu tordus et bosselés : il avait à sa disposition une véritable armée de petits-enfants, autant les mettre au travail en guise de jeu. Et comme nous aimions ça ! Je le vois qui balayait la cour, en silence. Parfois seulement, quand il jugeait que nos jeux allaient un peu trop loin, soit eu égard au bruit qu'ils produisaient, soit au désordre qu'ils causaient dans la cour ou dans la maison, il ouvrait la bouche et en sortait un explosif mais discret « bande d'idiots ! », dans un souffle. La rareté de ce genre de sortie faisait que nous remballions assez vite nos affaires de crainte de le voir se mettre vraiment en colère. Chose qui ne s'est jamais produite, je pense. Alors, lorsque je me mis, année après année, à recoller les morceaux du puzzle, comme font tous les enfants en démêlant les histoires secrètes de leurs familles, petit bout par petit bout, je réalisai qu'ils avaient traversé une période fracassée de l'Histoire, qu'en Alsace cela avait été encore plus étrange peut-être qu'ailleurs. Les « malgré-nous », la valse des nationalités, l'exil en Haute-Vienne, la maison-mère abandonnée puis retrouvée, tout ça s'est clarifié très lentement, un peu comme un fleuve dépose patiemment son limon, crue après crue, dans le delta de son embouchure. Et aujourd'hui encore, je n'ai pas de certitudes : le bonapartisme d'Alfred, Alice obligée de composer avec l'instituteur allemand, Alphonse soldat de la Wehrmacht, Joseph à Buchenwald : tout ça n'aura d'abord été qu'un grand mystère, qu'une collection de secrets jalousement gardés, d'histoires qu'on n'osait raconter de peur de se mettre en porte-à-faux avec celle, officielle, de la République qui atterrissait dans nos cahiers au fil des années scolaires. Alphonse, je ne l'ai entendu qu'une fois ou deux commencer son récit de la guerre ; et les larmes, ces deux fois-là, l'avaient vite arrêté.

A partir de 1940, Alice tente de composer au jour le jour avec l'ennemi, l'adversité, les temps qui sont durs et les pénuries. La chance, c'est d'avoir quelques poules qui donnent des œufs, un bout de potager qui permet d'améliorer l'ordinaire. Il s'agit d'éviter à tout prix d'être enrôlé dans la Wehrmacht. Ce risque est grand. C'est justement celui-ci qu'Alfred a voulu épargner à ses enfants en restant là-bas, en Haute-Vienne. Je ne sais pas s'ils parvenaient à se donner mutuellement des nouvelles. Je ne sais pas comment Alice apprit en 1941 la mort de son jeune frère Fernand, d'une méningite fulgurante chez Léger. Je ne sais pas comment lui fut annoncée en 1943 la nouvelle de la déportation dramatique de Joseph. Quoi qu'il en soit, il faut faire avec la dureté des temps. Il faut accueillir sans rechigner dans la grande maison presque vide, le nouvel instituteur de la commune. L'école est juste en face de la maison, et on y parle maintenant l'allemand, on y apprend l'Histoire, les Arts, la musique, la grammaire de l'Allemagne, les déclinaisons, les accusatifs accusateurs, les datifs qui donnent de l'urticaire, les génitifs qui dégénèrent. Qu'il soit bien entendu ici que cette grammaire subjective doit se lire dans son contexte. Lecteur, tu comprendras que nous aimons l'allemand, de sa grammaire rigoureuse à sa culture, mais en ce temps-là dans ce lieu-là, il faut bien avouer que son arrivée ne pouvait être vécue que comme une intrusion violente.

Et l'instituteur doit être logé. Alors une chambre est réquisitionnée dans la grande maison abandonnée du vieil Alfred, et Alice sommée d'offrir au jeune fonctionnaire du Reich le gîte, le couvert et le sourire. Ce qu'elle fait, de bonne grâce, car c'est une fille de bien, et aussi parce que l'instituteur, M. Hoffmann, n'a rien du tout d'un nazi : il est parfaitement poli et gentleman.

Chapitre Treize

(Dora, 13-15 mars 1944)

Au camp, à Buchenwald, la solidarité était relative. Je veux dire, pas la peine de se faire d'illusions : on ne peut pas compter sur la solidarité quand chaque pas, chaque mot, quand le moindre geste déplacé peut vous envoyer à la mort. Les membres du parti communiste s'aidaient mutuellement à éviter le pire, mais lorsque vous n'en faisiez pas partie, on ne vous épargnait pas les commandos spéciaux envoyés dans les camps satellites où se fomentaient de drôles de machines de métal. Joseph n'était pas communiste. Tout près de Buchenwald se trouvait le camp de travail de Dora. Joseph, dans son récit, l'appelle simplement « l'enfer ». Le matin du 13 mars 1944 il fut envoyé à Dora en commando extérieur, avec les deux frères Dessagne qui le suivaient comme son ombre, puisque sa maîtrise de l'allemand lui permettait de comprendre et d'éviter quelques pièges qui auraient pu être mortels – et qui le furent sans doute pour de nombreux prisonniers non germanistes.

Dante écrit ceci dans la *Divine Comédie*, qui pourrait aussi bien s'appliquer à ce que Joseph vit durant deux jours dans les immenses tunnels de Dora : « Prends garde quand tu passes ! Va, si tu peux, sans fouler sous tes pieds les têtes de tes frères humains qui souffrent. » Ces mots-là, Dante les réserve pour le neuvième cercle, le dernier, le bout du périple aux enfers. Et le tunnel de Dora fut, à n'en pas douter, pour Joseph, le fond du puits. Il n'alla pas plus loin, pas plus bas. Il ne sut pas non plus, dans le récit qu'il fit, bien des années plus tard, trouver vraiment les mots pour le dire, et je serais bien en peine de les trouver, ici et maintenant, moi qui n'ai pas foulé cette poussière blanche de Dora. Dante dit, très exactement, dans les toutes premières lignes du chant XXXII de la *Divine Comédie* : « Si j'avais les rimes âpres et rauques comme il conviendrait à ce lugubre trou sur lequel s'appuient tous les autres rocs, j'exprimerais le suc de ma pensée plus pleinement, mais je ne les ai pas. » Joseph sans doute ne les a-t-il pas eus, lui qui écrivit ceci : « Dora était une représentation de l'enfer. C'était un site enterré, conçu pour construire les usines de production des fusées V1 et V2. C'était un cauchemar épouvantable. » Et pourtant, nous avons ce morceau de témoignage, à qui il a fallu quatre décennies pour remonter à la surface, pour traverser les huit autres cercles que traversa Virgile. Les V1 et V2 fabriquées à Dora étaient destinées à bombarder la ville de Londres, à faire rendre gorge à ce peuple d'irréductibles anglais, et à leur impétueux et excentrique Winston Churchill.

Deux tunnels parallèles dans lesquels la poussière était comme un substitut empoisonné d'oxygène, où la dynamite faisait tomber des pans gigantesques de roche, et où des armées de damnés déguenillés se succédaient pour faire croître le monstre, pour donner leur chair à dévorer au cerbère de métal. 25000 de ces damnés y périrent durant la période de fabrication des fusées terribles. Le camp Dora fut achevé au printemps 1944, après que l'Allemagne se fut cassé les dents sur Londres : les V1 avaient d'abord semé la terreur, mais les anglais trouvèrent la parade à force de ténacité, de courage et d'ingéniosité, en abattant les drones d'Hitler avant qu'ils n'atteignent le cœur de leur capitale. Dora fut la riposte : il fallait accélérer la fabrication des nouveaux modèles de fusées pour terroriser encore l'ennemi et remporter la victoire. Les V2 après les V1.

Ici je me figure l'Histoire comme une sorte d'effroyable delta de dépôts sédimentaires, un composé de verticalité et d'horizontalité. Prenons la géologie pour la seule chose qu'elle puisse être en l'occurrence : une métaphore. Les couches supérieures, ce sont les récits affranchis, adoubés par le grand récit de l'Histoire majuscule : ceux qui finissent en documentaires bien faits, en noir et blanc, diffusés sur les chaînes d'Etat pour ne pas oublier. Ces couches où on nous explique, archives tremblotantes à l'appui, les dates : celles de la création du centre de recherche de Pennemünde, les bunkers géants par lesquels Hitler voulut d'abord viser Londres depuis le littoral français de la Manche, le bombardement manqué de Pennemünde par les anglais, le déclenchement, suite aux premiers revers de l'Allemagne en Afrique puis à Stalingrad, de la bataille de Londres, etc. Et puis, il y a les couches inférieures, ces zones que les archéologues atteignent très difficilement : celles où rampent les anonymes, où croupissent les quidams qu'on va liquider pour les besoins de la guerre. Ces deux tunnels de Dora où les prisonniers politiques polonais, français, russes, furent envoyés afin de construire à marche forcée cette arme machiavélique.

Parmi eux, Joseph. Le 13 mars 1944, on l'envoie en commando à Dora, pour participer à la construction de cette immense bouche des enfers, comme l'aurait appelée Dante. Par chance, il n'y passera que deux jours avec les frères Dessagne, deux jours seulement dans ce neuvième cercle de l'enfer, où la poussière blanche se posait en permanence sur tout et sur tout le monde. Ecrasés sous le mille-feuille de l'histoire, terrés comme des taupes aveugles au milieu des explosions qu'on faisait à la dynamite pour faire avancer la voûte au cœur de la montagne, réduits à l'état de cheval de trait ou de mule, frappés par la tuberculose, obligés de dormir sur des lits superposés à 6 étages qui s'effondraient comme des châteaux de cartes sous l'onde de choc des explosions, ils attendaient leur tour dans la terreur. Chacun là-bas faisait ce qu'il croyait devoir faire pour se sauver une heure de plus : les plus faibles tentaient de se cacher dans les monceaux de cadavres que le tunnel crachait et qu'on n'avait pas le temps d'évacuer. Mais les SS, qui avaient bien compris le subterfuge, s'amusaient parfois, en passant près de l'entrée, où le tas des morts jouxtait les tinettes des survivants, à tirer dedans au hasard ; et les balles traversaient, indifférentes, les crânes creux de ceux qui avaient déjà commencé d'épaissir de leurs os friables et poudreux cette poussière blanche diabolique, et les têtes brûlantes des desperados qui pensaient pouvoir ainsi échapper à Charon et à ses nippes puantes. Cette couche grasse et boueuse de sédiments donne la nausée. Le trou de Dora, c'est un peu comme l'extrémité béante du corps souffrant de l'humanité, le bout écœurant de sa maladie intestine : là où le corps d'un géant de mort déverse par tonnes ses étrons puants, la diarrhée ininterrompue de sa folie. Ce en quoi les lecteurs de Dante devaient croire dans un effort d'imagination et de poésie, le cauchemar d'Hitler l'aura rendu explicite. Ce totalitarisme aura réussi à effacer de la langue humaine la dimension symbolique, pour la vautrer dans la littéralité de vraies déjections et faire de la montagne un organe digestif géant produisant des tonnes d'un lisier réel, entassées avec les cadavres à l'orée du tunnel : les fûts de 200 litres faisant office de tinettes pour les travailleurs, mêlées au tas des morts que les entrailles de la terre rejetait, le tout composant l'infâme excrément de ces temps d'horreur et de destruction.

Comme Joseph et les frères Dessagne avaient le statut de « spécialistes des voies ferrées » (d'ailleurs, où étaient-ils allés chercher cette étiquette ? dans leur pyjama gris et blanc à rayures, ils devaient avoir l'air de beaux spécialistes, tiens !), ils purent quitter ce puits méphitique au bout de deux jours. Ils avaient pu effleurer l'abîme, comme la droite effleure le cercle dont elle est la tangente dans ces beaux dessins de géométrie qu'on fait dans les petites classes. Ils avaient effleuré l'abîme définitif du neuvième cercle, ils y avaient passé la tête pour voir, sentir, entendre, toucher, goûter l'âcre parfum, et ils pouvaient maintenant, parce qu'ils étaient des « spécialistes des voies ferrées », remonter en surface par la tangente, et s'éloigner doucement, respirer à nouveau un air sans silice, et jouir de souffrances moins radicales et moins définitives. Il s'agissait de faire avancer la construction des installations de surface, et pour cela d'acheminer des matériaux et des hommes : il fallait donc du ballast, des traverses et des rails pour tirer tout droit le fil de cette tangente par laquelle Joseph aura eu le droit de jeter son coup d'œil de témoin, et qu'ensuite il put prendre pour se sauver.

En écrivant, je ne fais que prolonger un peu la perspective, car je sais combien les générations actuelles se perdent dans l'ignorance et dans l'oubli. Droite trop abstraite, trop théorique, méfie-toi, car tu deviens insensiblement toi-même un cercle quand tu oublies ta nature de tangente des enfers. Comme le cheveu qui se tord et qui frise sous l'effet du frottement et de la tension, ces lignes qu'on croit droites se courbent insensiblement et deviennent les portes d'entrée des enfers de demain, où passeront à nouveau les rebuts de l'histoire et les déchets perdus de l'humanité. Car oui, si on regarde l'histoire à l'horizontale, on peut toujours se rassurer et croire qu'elle ne nous regarde pas : nous sommes bien trop loin de ces hoquets qui lui donnèrent des hauts le cœur en 1944. Mais baissons la tête et regardons-la à la verticale, et nous verrons alors que le cercle par lequel on accède aux enfers fumeux est là sous nos pieds.

Juste une scène de pure fiction, pour faire comprendre cela, et passer à la suite : le 15 mars 1944, Werner Von Braun, l'ingénieur en chef du projet A4, c'est-à-dire ce jeune rêveur âgé de 17 ans en 1929, ancien membre d'une association pour la conquête de l'espace par les fusées, enrôlé par Hitler pour mener à bien le projet de cette arme « miracle », vient inspecter l'avancée des travaux dans les usines souterraines de

Dora. Vêtu de son grand manteau de cuir noir, semblable à celui des officiers de la gestapo, il se pince le nez en passant à l'entrée devant les tinettes ; il ne voit pas le monceau des cadavres qu'on a déplacés à l'occasion de sa visite. Et Joseph, qui sort du tunnel pour être affecté à la construction des rails, un peu plus loin, au bloc N 09, baisse la tête et se frotte les yeux, car cette poussière blanche de silice est un truc infernal à vous rendre fou. Von Braun ne voit pas le jeune français de 20 ans. Et Joseph, car il se frotte les yeux, ne sait pas qu'il croise à ce moment précis, le concepteur des engins qui vont prendre le relai des V1 : l'énorme fusée V2, la première machine capable de s'extraire de l'attraction terrestre et de sortir de l'atmosphère, le premier artefact capable d'explorer l'irrespirable.

Doit-on faire le bilan ? Peut-on faire le bilan ? Est-il exact de mentionner seulement les 25000 personnes qui laissèrent leurs vies dans les tunnels de Dora ? Et les 13000 tués dans les bombardements effectués à l'aide des V1 et des V2 ? Oui, si l'on veut se contenter de regarder l'histoire à l'horizontale. Mais j'invite le lecteur perspicace à lever puis à baisser les yeux, pour essayer aussi une lecture symbolique. O patient lecteur, toi, ami fraternel, consens à ce geste de prière, baisse la tête, prends en pitié les lamentables victimes de ces béances infernales de 1944 ; puis lève les yeux et n'oublie pas que l'histoire a des traits concentriques, comme ceux des enfers de Dante, et que tu n'es jamais, toi non plus, très loin des points chauds qui ont vu sortir les cratères affreux dont nous parlons ici. Werner Von Braun, Joseph ne l'a pas vu. Mais le verront-ils, plus tard, en juillet 1969, tous ces américains qui lèveront la tête vers le ciel pour admirer le décollage de Saturn V vers la lune ? Pas sûr. Je me chargerai rétrospectivement de les dessiller.

Chapitre Quatorze

(Saint-Léonard, le 6 mai 2016)

Dans la maison des Louvet, les deux pierres sculptées viennent de reprendre place dans le foyer de la cheminée lorsque j'arrive avec Blanche. Jean-Jacques dispose d'une connexion internet par laquelle il peut aussi revoir certaines émissions en replay sur son poste de télévision. Il propose, après qu'on en a parlé distraitement dans la conversation, de regarder ensemble le reportage que TF1 a consacré quelques jours auparavant à Joseph. Depuis qu'il a accepté de devenir un témoin actif, c'est-à-dire depuis qu'il a compris que le temps écoulé rendait audible son récit, et que les jeunes générations ne pouvaient pas se faire une représentation vraie de ces événements par les seuls livres d'histoire, il fait deux ou trois séances par an de rencontre avec des élèves dans les collèges des alentours du Puy en Velay, où il vit. Son âge, sa santé, et l'émotion qu'à chaque fois ces rencontres font remonter, l'empêchent de faire davantage. C'est une scène un peu surréaliste à laquelle il nous est donné d'assister. Chacun trouve une place comme il peut dans le petit salon assez sombre : sur un fauteuil confortable à bascule, sur un canapé orné de plaids vieillots, sur des chaises disposées là. Il y a Pitou, Maurice et Rose, Gaby, Dédé, Monique, Jean-Jacques, Jean-Laurent, Blanche et moi. Sans oublier Joseph lui-même, évidemment. Il a son béret, qu'il enlève pour le prendre à la main, et on lui a donné la place la plus proche du poste, et la plus frontale : il s'assied sur la table basse en bois. C'est très étrange alors de voir Jo de dos, concentré sur les images où il se voit lui-même et s'entend raconter le numéro matricule, se voit montrer les rayures de la tenue des déportés, expliquer en mots simples et directs les horreurs, les souffrances. On a ensuite les plans de coupe où Jo arpente la cour du collège en discutant avec le professeur à qui il a rendu visite. Les interviews des élèves dans lesquelles ce qui prime c'est l'émotion, l'expression hyperbolique ou incrédule de l'indignation. Même la professeure ne peut s'empêcher de valoriser l'intensité particulière de ce moment où l'histoire a pris vie, ce moment où elle a vu, pour la première fois, des élèves pleurer en classe. C'est un peu « pathos », mais voilà. Et Jo, sur la table basse, le béret dans la main, qui rigole de tel détail, qui commente les à-côtés, la fatigue d'y aller, bref Jo qui fait tout pour ne pas être redondant avec le reportage, pour ne pas retourner trois jours plus tard le couteau à nouveau dans sa plaie. Jo qui explique doucement à la cantonade que la première fois qu'il a fait cela, aller devant les jeunes pour témoigner, il n'a pas pu parler.

Que c'était trop dur de laisser sortir ces mots qu'il avait pourtant tellement voulu transmettre. C'est facile, et à la fois c'est impossible de se mettre à sa place, de comprendre vraiment la boule sale obstruant la gorge.

Et nous retournons dehors, prendre l'air. A la nuit tombante, le paysage est superbe et la vue sur Saint-Léonard d'une grande paix. Le clocher auquel nous avons grimpé dans l'après-midi est là, éclairé pour les touristes et l'image. Nous nous figurons sous la toiture les coulisses, tout ce qu'on ne voit pas : la chambre des lépreux, l'escalier pour traverser la nef en secret, le passage vers la cloche. Et Joseph continue de raconter : il en est maintenant à la deuxième version de son récit des rats dans la grange (devenue le chalet du Montana), qu'il avait chassés à l'aide d'un tison rougi au feu. Et revenant vers le pignon de la grande ferme, il nous explique que de ce côté (là où se trouve maintenant le salon d'où nous venons de sortir), en 1942 ils avaient fait un endroit où tuer les bêtes et où les débiter en morceaux de viande qu'ils vendaient aux voisins et aux amis. Et puis juste là, devant nous, sous la lumière pâle de la lune, il nous raconte en riant qu'ils avaient fait une sorte de cage à lapins, mais que ces bestioles avaient le don de se dissimuler dans les anfractuosités du mur. Si bien qu'on finissait par découvrir, bien après leur naissance, les portées de lapereaux qui sortaient leurs museaux lorsqu'ils ne pouvaient plus faire autrement.

Comme eux, nous faisons tout pour nous cacher de la violence du monde, jusqu'au jour où notre présence s'impose, ne peut plus être dissimulée. Nous, pauvres petits lapins, petits riens face à l'aveuglante lumière des phares. Et nous cherchons la douceur entre les sanglots.

Chapitre quinze

(Drusenheim-Paris, début 1945)

Je n'arrive pas à mettre une date précise sur l'événement initial de ce chapitre : il faut dire que le récit de ma grand-mère Alice n'est pas toujours absolument rigoureux sur le plan chronologique. Je sais que les Allemands sont revenus alors qu'ils avaient abandonné le village aux armées alliées. La contre-attaque eut lieu le 5 janvier 1945. Et ce fut ensuite un véritable enfer pour ceux qui restèrent, car les américains bombardèrent sévèrement la ville, en particulier le quartier autour de l'église, puisque le clocher était utilisé comme un point d'observation par les occupants. Pendant deux mois et plus, la ville fut pilonnée, et les habitants subirent un martyr. Alphonse avait été mobilisé malgré tous les efforts de son employeur, M. Henri Wenger, en septembre 1944. Il avait laissé Alice seule.

Entre septembre 1944 et le 5 janvier 1945, jour du retour des allemands, et de la fuite d'Alice vers la Haute-Vienne, il se passa quatre mois presque tranquilles. A ceci près que le pont sur la Moder avait été détruit par les Allemands qui préparaient leur retour. Et la sage-femme qui habitait Herrlisheim ne pouvait plus venir jusqu'à Drusenheim pour accoucher les jeunes mères. Un soir, alors que l'obscurité était tombée sur le village, un homme apeuré et essoufflé arriva dans la maison. Alice y vivait désormais sans Alphonse, mais avec son amie Germaine, et ses deux filles : Malou, âgée de 3 ans et demi, et Gaby, ma mère, âgée de moins de deux ans, puisqu'elle était née le 17 janvier 1943. On était déjà venu la chercher quelques jours auparavant pour un accouchement, au prétexte que sa mère, qui était à Saint-Léonard depuis 4 années, exerçait le métier de sage-femme. La fille devait donc, suivant une logique un peu tortueuse, avoir quelques notions de base. Elle était arrivée après la naissance, ce jour-là, et n'avait eu qu'à prodiguer les soins d'usage au nouveau-né et à la mère. Mais ce soir-là, il fallut suivre en courant le mari paniqué, et Alice sentait son cœur battre à tout rompre dans sa poitrine : pourvu que le bébé soit déjà né, comme la dernière fois !

Dehors, il y avait des fusillades qui opposaient les FFI à l'armée allemande. C'était terriblement angoissant pour Alice de se trouver là alors que tous ses amis se terraient dans les caves pour se protéger des dangers du combat. Mais enfin, on était venu la chercher pour une naissance, ça ne pouvait pas attendre. Elle se rendit donc avec le père dans la cave d'une maison avoisinante, et trouva la parturiente en plein travail, allongée au milieu des betteraves, à la lueur d'une pauvre bougie. Lorsque je relis ce récit dans les quelques pages qu'Alice nous a laissées, je ne peux m'empêcher de me dire que jusque dans cette anecdote vraie, elle n'a pas résisté à l'envie de nous faire une crèche et un enfant Jésus. La cave, la fusillade, la nuit, la peur, les betteraves, la bougie.

Des crèches, j'en verrais d'autres, moi, chaque année, dans l'église de Vendenheim où Alice ne manquerait pas de m'emmener avec mes frères et sœurs. Je la soupçonne d'avoir, dans sa mémoire, toujours un peu mélangé la crèche du petit jésus de Nazareth avec celle, sombre mais héroïque, de son histoire personnelle, cette crèche profane de l'hiver 1945, dans la cave aux betteraves et à la bougie. Pour mamie, depuis ce jour, sans doute, chaque naissance fut un peu une nativité. Elle accompagna la jeune maman jusqu'à la délivrance, et utilisa le trousseau de premiers soins que l'administration allemande distribuait à toutes les femmes sur le point d'accoucher : le « Wochenbettpackung ». Il était composé d'un ruban pour garrotter le cordon ombilical, d'une paire de ciseaux et d'un peu de désinfectant. « J'étais secouée, et je crois n'avoir jamais eu aussi peur de toute mon existence » écrit Alice dans le court texte qu'on avait décidé d'intituler « Presque mes mémoires ».

Quelques jours plus tard, le premier vendredi du mois, ce 5 janvier, tout le village était réuni à l'église pour participer à la messe. A la fin de l'office, les portes de l'édifice furent tout d'un coup ouvertes en coup de vent par un groupe de soldats des FFI qui venaient prévenir la population que les Allemands étaient de retour et entraient dans le village ; il fallait prendre la fuite. Alphonse, en septembre de l'année précédente, lorsqu'il était parti pour les combats, avait recommandé sa femme et ses deux filles à un ami qui lui était cher, nommé Marin. Celui-ci tint sa promesse, et vint la prévenir qu'il fallait préparer des bagages légers pour s'en aller en Haute-Vienne avec les deux filles. Il fallut faire vite, emballer le strict nécessaire sans réfléchir en détail à ce qui pourrait manquer. Alice avait pris deux valises seulement pour voyager le plus léger possible. Et surtout des couvertures piquées pour protéger ses deux filles du froid. Elles étaient toutes les deux juchées au-dessus des valises, portant les pantalons de laine qu'Alice leur avait confectionnés. En même temps que j'écris ces mots, une émotion me serre la gorge, car depuis mon fauteuil, j'aperçois, accrochées au petit frigo dont le moteur vient justement de s'arrêter, deux maniques carrées qu'elle m'avait confectionnées au crochet. Dans un fil de coton épais rose et blanc. Avec un trou à un angle de manière à pouvoir les suspendre à un croc dans la cuisine. Une ligne imaginaire fait comme un trait d'union très fragile entre ces couvertures piquées où ma future maman, âgée alors d'un an et demi, se blottissait alors, et les maniques que j'utilise encore tous les jours pour me saisir des assiettes ou des plats très chauds. Les mêmes mains les ont conçus et réalisés. Les mains d'Alice.

Les valises et les deux filles, emmaillotées dans les couvertures piquées et vêtues des pantalons de laine, étaient posées dans le fond plat de la « Faldkütsch », autrement dit de la petite charrette qui serait leur véhicule. Alice tirait cette charrette, et en même temps devait veiller au relatif confort de ses deux enfants, tout en luttant contre le froid vif de ce mois de janvier 1945. Par curiosité, je suis allé consulter la chronique météorologique de l'année 1945. C'est saisissant : au mois de janvier, on a constaté un écart de -5°C par rapport à la normale calculée sur les chroniques allant de 1900 à 1930. Etonnant, car le reste de l'année fut plus conforme. Mais janvier fut un mois d'une exceptionnelle froidure. La neige aussi fut ce mois-là étonnamment présente : on peut suivre la ligne de l'enneigement supérieur à 20 jours en janvier : elle dessine un très grand quart nord-Est de la France, longeant les côtes normandes, passant tout près de Nantes, et sans doute non loin de Saint-Léonard. Littéralement, c'était justement le mois et l'année où il aurait mieux valu rester chez soi bien au chaud, si on avait eu un peu de bois de chauffage. Un temps à ne pas mettre un chat dehors.

Alice avançait péniblement dans la neige, se penchant de temps à autre sur la charrette pour voir dans quel état étaient les filles, leur donner un peu de sucre à manger, ou un morceau de pain, un peu d'eau. Alice leur racontait aussi une petite histoire en alsacien, afin de détourner leur attention de la sensation de froid qui devenait presque douloureuse. Heureusement, dans chaque village étape, les gens les accueillirent à bras ouverts, ces familles d'exilés jetées sur les routes enneigées. A Kleinfrankenheim par exemple, on les hébergea de bon cœur, et ils participèrent tous aux travaux de la ferme. Pendant que Marin coupait du bois, Alice et Joséphine (la fille de Marin qui était avec eux), aidaient à battre le beurre. D'étape en étape, l'étrange attelage avançait dans l'intérieur de la France. La route du vignoble alsacien d'abord, Bernardsviller, Obernai et Barr, puis un convoi militaire qui partait pour Vesoul et qui accepta de le prendre avec lui ; un petit bout de la route dans une jeep, jusqu'à Mützig, puis Saint-Sauveur, Luxeuil-les-bains. Là, une camionnette était justement sur le point de partir en direction de Vesoul. Mais il y avait tant de monde qui désirait y monter que pas une place ne restait pour la jeune maman et ses deux filles. Et personne n'avait envie de se pousser pour céder sa place ou en faire. Face à l'obstination des voyageurs,

Alice fut prise d'un accès de désespoir. Usée par la longue marche dans la neige et le froid, fatiguée, soumise au stress d'un voyage sans certitude, sans confort, Alice se mit alors à pleurer comme une enfant. Comme si la digue qui maintenait son optimisme venait de céder devant l'accumulation des souffrances et le sentiment de solitude. Un policier qui était là en faction fut ému de ces larmes et prit les choses en main. Il décida de faire redescendre tous les voyageurs déjà installés dans la camionnette, et les fit remonter un à un, en prenant soin qu'il y ait de la place pour le trio. Finalement, tout le monde put entrer et être acheminé à Vesoul. De là, ils prirent un train qui mit 24 heures à arriver à Paris, où ils débarquèrent sous le couvre-feu, dans le froid et la neige, avec leurs deux simples valises, et leur accent allemand. Enfin, alsacien. De quoi être assez mal reçus.

Chapitre seize.

(Vendenheim, 20 juillet 1969)

Sur cette photo, j'ai un air grave et sérieux du haut de mes 6 mois. Je suis assis dans le landau, dans le jardin, sans doute entre notre maison et celle de ma grand-mère, Alice, qui a 51 ans. J'ai un petit pull à manches courtes un peu bouffantes, une sorte de short à bretelles, et je m'agrippe aux tubes en acier inoxydable. Ce jour-là, il fait un temps superbe, et quelques-unes de mes tantes sont présentes et s'occupent de moi. C'est à maman que je dois ces quelques clichés. Sur une des photos, on voit d'ailleurs, au premier plan, sa chevelure floue. On a sorti le landau. Vous savez, de ces landaus à roues de métal avec des rayons fins comme sur une bicyclette, cerclées d'un plastique plein, de couleur blanche, et dont le train roulant est fixé au châssis par une sorte de suspension de cuir, blanc lui aussi. Et la nacelle ainsi souplement suspendue est faite d'une armature métallique légère garnie de tissu, avec un pare-soleil amovible, dont je revois encore le système ingénieux de blocage par une rotule de métal. Ce pare-soleil fait comme un soufflet qu'on peut ouvrir ou fermer, de façon à masquer le soleil au bébé pour l'en protéger. Quant au tissu, je le vois bleu marine, mais je n'en suis pas certain, car les souvenirs sont lointains, et sans doute trahis un peu par le temps. Sur cette photo je fronce les sourcils, d'un air trop sérieux, comme si j'avais déjà la volonté d'être plus grand qu'il ne faudrait, de charger mes petites épaules de responsabilités un peu trop lourdes. Sans doute est-ce pour tenir la dragée haute à toutes ces femmes et jeunes filles qui m'entourent. Il y a là peut-être ma tante Gritty, et puis Monique, qui doit avoir alors dans les 13 ans, et sans doute Marie-Hélène, plus jeune, née en 1963, et qui occupa, plus tard, dans ma vie, la place de grande sœur. Elle a beau être ma tante, puisque née la dernière de la fratrie de ma maman, exactement 20 ans après Gaby (17 janvier 1943 – 5 janvier 1963), elle n'a que 6 ans de plus que moi et pouvait facilement faire office de sœur aînée. Mais restons en juillet 1969 : pour l'instant, j'étais fils unique, et ne me doutais absolument pas que ça n'allait pas durer. Le ciel était d'un bleu limpide, la chaleur agréable sans être accablante, et le jardin qui séparait la maison d'Alice et Alphonse de la nôtre, achevée seulement depuis quelques mois, permettait de profiter de l'ombrage d'un grand bouleau, des fruits merveilleux d'un mirabellier que j'ai longtemps regretté quand il a fallu l'abattre, et des plates-bandes magnifiques de mon grand-père, qui portaient des tomates exquises et des courgettes géantes qu'il empoignait comme s'il s'était agi de grands cors de chasse à l'anglaise.

Mais cher lecteur, j'avoue que je te mène en bateau, car l'important, en ce 20 juillet 1969, ce n'est ni dans mon landau, ni dans mon jardin, ni en France, ni ailleurs sur la terre qu'il se déroule. C'est au-dessus des têtes, quelque part dans le silence effrayant des espaces infinis. Ou pour être très précis, à environ 365000km de là, dans un coin de la mer de la tranquillité, sur la lune. Neil Armstrong, « un américain de 38 ans », est sur le point de poser sur le sol lunaire son pied lourdaud de cafard emmitouflé. Et de dire sa fameuse petite phrase de propagande déguisée en improvisation sortie du chapeau. Le petit pas etc., le grand bond etc.

Car ne soyons pas dupes. Il s'agissait bien d'une gigantesque entreprise de propagande politique, on le sait. Elle consistait à envoyer vraiment des hommes sur la lune, et après leur arrivée là-bas, à envoyer par les millions de télévisions, aux millions de petits hommes, le message « universel » de la domination, de la suprématie, de la victoire américaine sur les soviétiques, après vingt années de guerre froide. Il y en avait assez de voir les Laïka, les Gagarine se foutre allègrement de l'oncle Sam à longueur de mission spatiale. En ce 20 juillet 1969, c'était enfin chose faite : les boys venaient de planter leur drapeau dans la stérile et inutile poussière lunaire, de venger l'honneur de la patrie, de reprendre les commandes du monde, et de diffuser en mondiovision l'émission de télévision la plus chère et la plus regardée de tous les temps.

Mais, cher lecteur, tu me diras, avec la perspicacité qui te caractérise, que tu ne vois pas très bien le rapport entre tout ça. Ou alors, si tu es un tout petit peu plus perspicace encore, tu es en train de comprendre. Mais oui. J'avais laissé, il y a quelques pages, des indices : les sédiments, le vertical et l'horizontal, tout ça. Parce qu'en matière de verticalité, vous avouerez qu'on peut difficilement faire plus impressionnant que ces 365000 km qui séparent le cap Canaveral du cratère lunaire où Neil Armstrong et Edwin « buzz » Aldrin posèrent leur LEM.

Et surtout, ce Werner Von Braun. Il nous faut nous pencher plus précisément sur son cas. Le 2 mai 1945, il se rendit aux américains. Dans le documentaire sur les armes d'Hitler, on l'aperçoit ce jour-là, un bras dans le plâtre, ridicule, et surtout incroyablement joufflu comparé aux cadavres des déportés, la cigarette au bec, discutant avec les Américains de l'air désinvolte du type qui sort simplement s'acheter un pain chez le boulanger. Il s'est vendu aux vainqueurs, avec quelques tonnes de documentation et d'archives techniques et scientifiques, il est parti avec ses plus proches collaborateurs, sans aucun doute moyennant des conditions financières et matérielles tout à fait avantageuses, au nouveau Mexique, pour lancer ce qui allait devenir le programme américain de conquête de l'espace. Les Russes feraient de même avec d'autres ingénieurs de Pennemünde, les Français parvinrent à en débaucher quelques autres. Et nous avons là les trois grandes puissances spatiales des 40 années à venir !

Franchement, lecteur, que crois-tu ? Si j'ai pu être, étant plus jeune, fortement marqué, bien entendu, comme tous les enfants de cette époque, par la mythologie spatiale, par les comptes rendus épiques des exploits de ces nouveaux conquérants, de ces explorateurs des confins, j'en suis revenu. Et je voudrais réduire ces 365000 kilomètres à ce qu'ils méritent d'être, et rien de plus. Ce ne sera jamais que le hoquet vaniteux d'un délire de domination, qu'une stratégie politique de plus pour catalyser les instincts nationalistes et chauvins d'un peuple ou d'un autre. Ils sont un crachat méprisant au visage des prisonniers de Dora, ces kilomètres de mensonge dans le vide intersidéral. Ces fusées Saturne ou Apollo n'ont été capables que d'usurper les noms des dieux de l'Antiquité pour les transformer en VRP de leur puissance impérialiste. Le golem affreux du IIIème Reich n'a jamais été vaincu : il s'est déguisé, a fait semblant de s'endormir un peu, a changé la couleur de son uniforme, s'est masqué pour qu'on ne reconnaisse pas son hideux visage, mais il a toujours été là, bien vivant, au milieu de nos aveuglements. Pendant qu'on amusait les peuples avec le rock'n roll, le coca-cola, les voitures de course et l'insouciance, le monstre tapi attendait son heure, allait se nicher dans les ogives nucléaires encore tenues en laisse, et travaillait son image en montant à l'assaut des planètes et du vide, faisant sonner creux les tubes cathodiques, et infestant les esprits de son sourire de diable. Dante déjà l'avait écrit : « Nous sommes venus au lieu que je t'ai dit, où tu verras les foules douloureuses qui ont perdu le bien de l'intellect. » (*Divine Comédie*, Chant III)

Chapitre Dix-sept

(Paris-Limoges, vers le 15 janvier 1945)

Je me permets de couper un peu la narration pour partager avec toi, lecteur empathique et humain, quelques considérations sur la difficulté que j'éprouve à trouver des sources historiques consacrées au sort des civils de cette fin de guerre. Je parle de ce qu'on peut trouver sur internet : il y a des chronologies très précises concernant le retour surprise des Allemands dans le Nord de la France et en Alsace, sous la conduite du général Von Rundstedt, dans une sorte de « baroud » d'honneur imposé par Hitler lui-même. Il y a des pages entières consacrées au repli de la 7ème armée américaine conduite par le général Eisenhower, à la réaction du maréchal Leclerc, empreinte du sens de la tragédie et de l'honneur qu'on lui connaît (« si cet ordre de repli est vraiment donné, nous n'avons qu'une seule chose à faire, la Division toute entière doit passer en Alsace et se faire tuer sur place, jusqu'au dernier homme, pour sauver l'honneur de la France. ») L'opération « Nordwind » menée par le Reich est un exemple parfait de cette dramaturgie héroïque de la guerre, qui a malheureusement toujours cours. On y voit des hommes chercher la gloire et les exploits, de façon souvent puérile, par vanité épique. Mais rien sur les civils, ceux qui patiemment et en silence, entre deux déferlements guerriers (ils ont lieu en moyenne tous les 50 ans dans ce coin très fréquenté), fertilisent les terres, y plantent le blé pour leur pain et y font paître les bêtes pour leur viande, y construisent les maisons pour leurs vies, et s'y multiplient humblement sans faire ni bruit ni mal. Et voilà les héros : opération « Vent du Nord » - on entend les relents de mythologie germanique, odinique - grands discours sur le sacrifice et l'honneur ; ils déferlent et donnent leurs vies pour reprendre les ponts dynamités, villages martyrisés, les plaines éreintées. Pendant ce temps les pauvres gens continuent d'enfanter dans les caves, de cultiver leur bout de potager entre deux hordes d'envahisseurs, et quand ils n'en peuvent plus ou que le paysage n'est plus qu'un « théâtre d'opérations », ils partent avec deux valises et deux enfants de 2 et 4 ans dans une charrette à fond plat tirée à la force des bras, dans la neige et par une température de cercle polaire.

Alice arriva à Paris par la gare de l'Est. Les réfugiés y étaient à ce moment assez nombreux à débarquer dans la capitale à cause de la reprise des combats intenses sur le front alsacien. Le « vent du Nord » qui soufflait apportait là ses monticules de débris humains, ses scories de réfugiés et d'exilés. Les bureaux d'accueil étaient débordés, et la gare grouillait d'une sorte d'agitation tendue. Beaucoup se trouvaient là perdus, en terre étrangère et en terrain hostile. Alice eut bien du mal, tenant la main de sa grande fille et portant la petite dans ses bras, à trouver un administratif compréhensif qui saurait lui indiquer la marche à suivre pour gagner la gare d'Austerlitz et trouver un train en direction de Limoges. Les centres d'accueil étaient destinés aux soldats.

« Bonjour Madame, que désirez-vous ?

-Bonjour Monsieur. Vous voyez, nous arrivons d'Alsace avec mes filles et mes deux amis, et nous cherchons à prendre un train pour Limoges.

-Mmm, oui, Limoges. Ecoutez, c'est très joli tout ça, mais je n'ai pas vraiment de temps à consacrer aux réfugiés civils. Vous savez, nous avons beaucoup de soldats à aiguiller : vous savez sans doute que les combats font rage et que…

-Bien sûr que je le sais Monsieur, que les combats font rage, c'est d'ailleurs pour cela que je suis ici et dans cet état. Vous voyez bien ma situation : cela fait plus d'une semaine que je transporte mes deux petites filles dans une simple charrette, dans la neige. Elles ont froid, elles ont faim. Vous pouvez bien faire quelque chose pour m'aider ?

-Ecoutez Madame, je comprends bien, mais voyez-vous, j'ai d'autres priorités. Si nous devions traiter les cas de toutes les personnes de passage ici, nous n'aurions le temps de rien. La priorité, ça nous a été bien rappelé, ce sont les soldats.

-Mais vous avez bien une solution pour que je puisse trouver quelque part à manger pour mes filles. Il n'y a pas des tickets de rationnement qu'on puisse utiliser pour se nourrir aujourd'hui et demain ?

-Malheureusement non, madame, je ne peux rien faire pour vous. Il y a du monde à Paris et tout le monde souffre des privations, vous savez.

-Bien, mais que dois-je faire alors ?

-Je ne sais pas moi, madame, attendez ici, je vais voir ce que je peux faire. »

Et Joséphine, la fille de Marin, avec son sens de la méfiance, ne voulait pas fermer l'œil. Malgré l'épuisement, elle préférait rester assise sur le banc à surveiller les alentours. Avec le passage qu'il y avait, n'importe qui aurait pu s'emparer de leurs quelques affaires. Il aurait suffi d'une ou deux secondes d'inattention. Elle resta donc là, immobile sur son banc, les yeux écarquillés, pour forcer le sommeil à s'éloigner. Marin, lui, n'avait pas eu ce courage, et il s'était allongé, la tête sur un de leurs balluchons. Au bout de deux heures à attendre on ne sait qui et on ne sait quoi Alice retourna voir l'homme assis à son bureau d'accueil.

« C'est encore moi.

-Je le vois bien que c'est encore vous. Que voulez-vous ? Je vous ai dit que je ne pouvais rien faire !

-Je sais, mais vous ne savez pas s'il existe un bureau d'accueil réservé aux civils ? Un endroit où je pourrais trouver un peu d'aide, et surtout de quoi faire manger les petites ?

-Non, je vous l'ai dit, il n'y a rien de prévu. Allez voir mon collègue, là-bas. »

Mais là-bas, le collègue n'avait pas davantage de réponses à ses questions. Il lui trouva seulement un petit carnet de tickets de rationnement, et le lui tendit : « C'est tout ce que je peux faire pour vous. Mais ces tickets ne seront valables qu'à Paris. Vous pourrez vous en servir pour acheter un litre de lait, deux miches de pain et du riz. » Elle revint encore une fois à la salle d'attente, où Gaby était en pleurs. Elle avait froid et faim. Malou se tenait là, à contempler les grosses locomotives noires à vapeur, qui grinçaient et poussaient de temps à autre un hurlement strident annonçant le départ imminent ou la vidange du réservoir de vapeur. Elle écarquillait ses grands yeux, et cela accentuait encore sa maigreur maladive. En la voyant de loin, avec sa sœur en pleurs à ses côtés, Alice eut soudain une montée de désespoir. Les larmes inondèrent ses yeux, en silence. Elle prit Gaby dans ses bras, pour la consoler en lui chantant d'une voix blanche une comptine en alsacien. Pas trop fort cependant, car on risquait de la prendre pour une allemande, et elle avait déjà compris, à deux ou trois remarques assez désobligeantes qu'on lui avait faites, que c'était somme toute très mal venu de parler un sabir germanique par les temps qui couraient : depuis six mois que la deuxième Division Blindée avait libéré Paris, il régnait en effet une singulière atmosphère d'épuration et de méfiance. On en connaissait un paquet qui avaient pactisé avec les boches lorsqu'ils régnaient sur la ville lumière, et les regards plongeaient à terre plus souvent qu'à leur tour. On craignait les dénonciations, la calomnie, la vengeance.

Un jeune soldat, pourtant, qui avait assisté à toute la scène depuis le début, avait été ému par la situation du petit groupe. Lui, il venait d'être enregistré par le grouillot qui avait reçu sèchement Alice : il avait du temps devant lui, et pouvait les aider. Sans doute cette femme seule avec ses deux filles lui rappelait-elle sa propre famille, une épouse laissée à l'arrière qu'il n'avait peut-être pas vue depuis plusieurs mois.

« Venez madame, je vais vous aider : la gare d'Austerlitz n'est pas très loin d'ici. On marchera doucement pour que vos filles ne se fatiguent pas trop. Laissez-moi porter vos valises.

-Ah, merci beaucoup Monsieur. Vous êtes bien aimable. Je m'appelle Alice. Je vous présente mon ami Marin, et sa sœur Joséphine.

-Moi, c'est François. Je suis de passage ici. Je reviens de l'enfer. Je me suis engagé il y a 8 mois pour servir dans les FFI et j'arrive de Bitche. Vous savez, ça se tabasse bien dur par là-bas.

-Ah oui. »

Elle aurait voulu ajouter une phrase comme « Vous savez, je vous comprends, mon mari a été enrôlé en septembre dernier, et je ne l'ai pas revu depuis. » Mais au moment de prononcer cette phrase, elle avait pensé que si le jeune soldat la questionnait sur le régiment d'affectation de son mari, elle serait obligée de lui répondre qu'il combattait pour l'armée allemande. Elle préféra donc se taire. Et laisser se serrer dans sa gorge ce nœud nouveau, qui avait comme un arrière-goût de honte et d'injustice.

Le soldat les mena en deux petites heures, à travers les rues encombrées, au milieu des passants, des blindés, des colonnes de réfugiés, des commerçants poussant devant eux leurs carrioles de légumes ou de tissus, dans la neige et les congères, de la gare de l'Est à la gare d'Austerlitz. Pour le remercier, et comme elle venait d'utiliser une toute petite partie de ses tickets pour acheter du pain et deux pommes pour ses filles, Alice tendit ce qui lui restait au jeune homme et lui dit : « Prenez, c'est pour vous. Nous allons prendre le prochain train pour Limoges, et les tickets ne valent rien là-bas. C'est pour vous remercier de votre aide. » L'homme lui sourit, et lui souhaita bonne chance. Sur le quai, il agitait la main, comme s'il laissait là des membres de sa propre famille. Joséphine souriait à sa manière, un peu maline. En regardant l'air attendri d'Alice. Celle-ci, qui connaissait bien Joséphine et son esprit espiègle, comprit les sous-entendus de ce sourire, et pour couper court à toute interprétation malveillante, elle lui envoya un coup de coude bien senti dans les côtes. Un petit gloussement fut sa seule réponse. Le train partit alors, dans des volutes épaisses de vapeur toute blanche, et un panache noir dû à la combustion du charbon de bois dans le foyer de la motrice. Avec le froid, les deux panaches semblaient encore plus denses et plus lourds, et ils dessinaient, sur le quai de la gare, comme un décor de cinéma.

« Je ne connais que son prénom. Je ne le reverrai plus, hein. Pas la peine d'en faire un plat s'il te plaît. »

Joséphine se tut, et alla s'asseoir sur une banquette de troisième classe. Elle laissa Gaby à sa mère, prit Malou sur ses genoux et se mit à lui raconter l'histoire d'Augusta Kopf, de Jules Girardin, qu'on lui avait racontée tant de fois quand elle était petite. Les grands yeux affamés de la petite s'ouvrirent et elle reprit à nouveau cet air éperdu et captivé qu'elle avait quelques heures auparavant devant les locomotives fumantes de la gare de l'Est.

Chapitre Dix-huit.

(Aix en Provence, septembre 2010)

Marie, ma sœur, était venue à Saint-Léonard chez Léger l'année où je n'avais pu me libérer que le lendemain de la fameuse soirée où les Louvet avaient rencontré et accueilli chez eux ces anciens locataires de leur ferme. Cela avait donné lieu à une belle soirée, et fait naître une camaraderie et une forme d'amitié tout à fait particulière. On avait convenu de se voir l'année suivante, à l'occasion des ostensions. Ce qui fut fait, comme on le sait. En 2016, Marie n'était pas là, mais cela faisait plusieurs années qu'elle avait entrepris de constituer, à l'aide d'un de ces petits objets technologiques miniaturisés fort pratiques, des archives sonores contenant les récits de ce qui était arrivé à Jo durant sa déportation. Travail de mémoire ambitieux, et constitué de longs moments d'échanges et de dialogue. J'en retranscris un tout petit extrait ici, en tâchant de respecter toutes les intonations. Je ne peux pas faire entendre littéralement les voix, mais il faut imaginer Joseph avec un timbre un peu vieilli, assez grave, dans lequel traîne encore un léger accent alsacien ; et celle de Marie jeune et curieuse, souvent étonnée de ce qu'elle entend, demandant des explications supplémentaires et des précisions.

« Et quand j'suis arrivé à Dora, le camp extérieur n'existait pratiquement pas. Y avait une ou deux baraques. Et les gens qui travaillaient (…) à Dora couchaient dans le tunnel (…) c'est-à-dire que (…) y avait le, les mines qui explosaient. Tu vois ils, ils perforaient - *là on entend Marie qui dit « oui »* - ils envoyaient la dynamite dans le trou – (*Marie*) mmm – ils bouchaient, et ils faisaient exploser (*bruit de bouche, et respiration*) ; et ça, de tout, de ça, (…) ça se passait à cinquante, cent mètres de chez nous quoi, - (Marie) oui - et dans, dans la, le tunnel tu avais cette poussière de silice, tu vois, tu, tu la voyais, et (…) les gens respiraient ça. (*Marie*) -mm - et moi j'ai passé deux nuits c'était affreux là-dedans – (*Marie*) Donc y avait des gens qui (…) c'est ça dont tu parles, des qui dormaient vraiment dans le tunnel – (*Jo*) qui dormaient parce qu'y avait des machins de cinq six ét (..) cinq six étages tu vois – (*Marie*) oui – (*Jo*) alors quand y en a un qui tombait d'en haut il é(..) il écrasait les autres et euh, celui qui était en dessous était mort quoi – (*Marie*) oui – et c'est que j'ai vu les t(..) les tinettes tu vois, euh parce que les gens ils avaient des besoins à faire, y avait des, des, ils coupaient les fûts de, de deux cents litres en deux (… *inspiration*) ça servait de tinettes, ils mettaient une planche dessus – (*Marie*) ouais – et tu pouvais t'asseoir pour faire tes besoins – mm – et, et les tinettes étaient (…) à la sortie de là où on couchait, et à côté y avait le (..) les morts (*silence assez long*) y avait la montagne de morts – (*Marie*) tout ça euh, dans un tout petit espace quoi – (*Jo*) ah ben, y avait de la place là-dedans – (*Marie*) ah ouais – m'enfin c'était juste en face à la (..) où moi je couchais quoi, on a passé deux nuits (..) et on voyait les morts (..) qui étaient empilés (..) à poil tu vois, et ben ils les empilaient, et puis y avait le commando – (*Marie*) il devait y avoir des odeurs, euh (..) c'est incroyable – (*Jo*) m'enfin on sentait plus rien, parce qu'il y avait tellement de, de (..) de, de poussière, de silice, tu vois, tu respirais tu (..) et puis les morts ils les évacuaient tous les jours, et puis, ils sentaient pas mauvais – (*Marie*) mm, mm – y avait plus rien, et (… *respiration*) et les gars (*raclement de gorge*) donc ils étaient empilés là, et, et y avait des malins - (*Marie*) ah oui qui, tu racontes ça, oui, (..) qui se couchaient dedans – (*Jo*) qui se couchaient dessus pour, pour, pour dormir quoi (..) et les SS de temps en temps passaient et ils tiraient dans la tête, et c'est là que les gars ils ont compris que c'était pas une – (*Marie*) mmm - (*Jo*) bonne solution quoi ; ils tiraient carrément dans la tête – (*Marie*) mais tu sais c'est ça qui est fou aussi quand on lit le texte, on s'dit, il faut apprendre très vite quand t'arrives là-bas… »

Marie fait sans doute ici référence à un de ces documents des archives de famille qui circulaient depuis quelques années, suite à l'établissement d'une mémoire de cette histoire, quand Pitou avait demandé à Jo qu'il lui raconte tout ça avec plus de détails et de précision, pour le mettre par écrit.

La patience. Ecouter, entrer en empathie avec ces personnes qui, revenant des camps, se sont tues pendant des années, car elles étaient certaines qu'on ne les écouterait pas, que jamais personne ne croirait leurs récits. Dormir, là, « en face de la montagne de morts ». Qui l'aurait cru ? Personne. Et ces heures d'écoute avec le petit engin numérique, cet espace qui s'ouvre pour la mémoire torturée de ces témoins qui pendant des décennies ont mutilé leur passé, les ont obligé à se taire pour ne pas être pris pour des fous. Une aubaine pour eux. Pitou, quelques autres, et Marie ensuite furent les libérateurs. On libéra les villes très tôt, ce fut écrit bien vite dans les livres d'Histoire, mais les mots, les rêves, les cauchemars de ces victimes des camps, il fallut deux générations pour les extirper de leur gangue de peur et de silence.

« (*Marie*) Et ça enregistre – (*Jo*) Ah bon ? Tout ce qu'on parle là ? – (*Marie*) Voilà – (*Jo*) Ah bon, ben c'est bien. Un p'tit truc comme ça ? – (*Marie*) Un p'tit truc comme ça. – (*Jo, il rit*) ah tu vois, on est, on est carrément dépassé (*Marie rit aussi*) à notre âge – (*Marie*) bah ouais – (*Jo*) par tous ces trucs là – (*Marie*) oui bon en plus, ça c'est facile, c'est pas trop d'la haute technologie, – (*Jo*) Ah ben si quand même dans un petit truc comme ça – (*Marie*) ouais – (*Jo*) tu vois – (*Marie*) eh ben des heures, on peut parler des heures dans un p'tit truc comme ça (*elle rit*) – (*Jo*) Avec ça, là, ah bon ? – (*Marie*) oui – Ah bon ? – (*Marie*) Et c'est bien parce que… - (*Jo*) et après tu le ressors comme ça ? – (*Marie*) Parce que, euh, ça garde des traces, euh, des fois, et puis moi, j'l'ai même souvent sur moi, et euh (…) parce que vraiment quand je vais dans un lieu, par exemple, j'avais fait des recherches euh (*là, on entend un bruit étrange à l'arrière-plan sonore, comme une petite mélodie jouée à l'orgue bontempi*) (…) qu'est-ce que c'est, _ (*Jo*) la pendule (*d'une petite voix*) – (*Marie*) ah ben c'est l'horloge, sur un terrain ; y a un terrain en friche près de chez moi, à Berlin, qui justement est un lieu qui a traversé les différentes, euh, les différents moments de l'Histoire (..) allemande, euh, y a eu, euh c'était un, un endroit de, de réparation de trains, euh, euh, pendant le temps de la Prusse (..) après, euh, ça a été du temps, (..) enfin ça a été aussi un lieu de, un, un lieu de travaux, de travail forcé du temps du, de, de, du national-socialisme et puis, après la DDR et après la chute du mur – (*Jo*) mmm – (*Marie*) euh, euuuh, ils ont choisi, y avait comme souvent à Berlin, tout était en double (..) et ils ont choisi de garder un truc de réparation de trains qui était à l'Ouest et pas à l'Est – (*Jo*) Ah oui (*raclement de gorge*) – (*Marie*) et celui-là, à l'Est il est abandonné… »

Marie est allée à Aix-en-Provence dans le but d'interroger son grand-oncle. Lorsqu'elle était étudiante à Marseille, cela lui arrivait de venir profiter d'un peu de chaleur familiale en rendant visite à Dédé et Jo, qui n'habitaient pas si loin de là. Et les conversations ouvraient souvent le chapitre germanique, car Marie faisait ses études en France et en Allemagne, et immanquablement Jo en profitait pour parler de sa propre expérience de l'Allemagne après la guerre. En effet, il avait été – ironie du sort - employé par une firme allemande. En 2010, date de l'enregistrement, Marie avait terminé ses études, mais elle s'était promis de revenir à Aix avec son enregistreur, dans le but avoué de constituer cette archive. Les trois heures d'enregistrement qu'elle a rapportées sont donc bien le fruit d'une volonté concertée et partagée par elle et Joseph de faire face à cette montagne de souvenirs, à ce tunnel de passé jusqu'ici enseveli dans l'oubli.

Le second extrait est le tout début d'un fichier qui dure au total plus de trois heures. Toute la guerre froide, enfantée par la seconde guerre mondiale, et toute l'histoire récente de l'Allemagne continue de s'écrire dans le sillage et les remous de cette catastrophe. Elle a des retentissements multiples et complexes. Les guerres ont toujours cette puissance de dévastation : éructations impulsives de l'humanité, coups de fouet violents et brefs dont les traces labourent le visage du monde et lui laissent des cicatrices si profondes et durables.

Chapitre Dix-neuf

(Olivet, 28 octobre 2016-
Saint-Léonard, 9 juin 1944)

J'ai décidé d'appeler tata Rose. Dans le projet de ce récit, il y a des chapitres pour lesquels je vais avoir besoin de ses souvenirs, de sa version. La petite fille de Saint-Léonard, elle qui n'avait que huit ans en 1943 quand Joseph fut arrêté, qui promena sur cette période un regard d'enfant, doit m'aider à éclaircir certains épisodes. Je voudrais avoir exactement son récit de cette fameuse journée du 9 ou du 10 juin 1944, où elle dit avoir été témoin du passage de la division « Das Reich » venue du Sud et se dirigeant vers Oradour-sur-Glane, où elle allait tuer 642 personnes. J'ai besoin qu'elle me dise aussi en quelle année elle est retournée à Saint-Léonard, comme pour y faire un pèlerinage, lorsque la maison du père Noël fut mise en vente. A cette occasion, elle avait racheté à la propriétaire deux pierres sculptées de la grange, représentant des visages. Ces pierres avaient été acheminées à Ferrières où elles devaient se trouver, décorant l'âtre de la cheminée, ou ailleurs dans la maison, lorsque j'y avais passé quelques jours en juillet 1982 avec mes parents et mes frères et sœurs.

Je compose donc son numéro de téléphone, et c'est une jeune fille (la petite fille de Rose) qui me répond : elle a l'air d'avoir une dizaine ou une douzaine d'années. Très poliment, elle se présente et me demande qui je suis. Je lui explique, et elle me dit d'attendre une seconde. Après quelques instants de cafouillage, j'entends la voix mal assurée de Rose qui me répond. « C'est Jean ? Ah, bonsoir Jean, ça me fait plaisir de t'entendre. » Nous engageons alors la conversation. Je lui explique que je vais avoir besoin de ses lumières, pour écrire trois chapitres de ce livre.

Je ne lui en parle pas au téléphone, bien entendu, mais concernant l'épisode du passage de la division « Das Reich », je me suis interrogé sur la véracité du récit de Rose : comment pouvait-elle être certaine qu'il s'agissait bien de cette division ? En commençant par simuler le trajet qui sépare Tulle d'Oradour, grâce à une application internet, d'abord je doute : si j'en crois la carte de ses déplacements trouvée également sur internet, passer par Saint-Léonard, c'est faire un court détour trop à l'Est. Mais une autre carte, plus précise cette fois, qui montre le déploiement de cette division autour de Limoges, entre le 8 et le 12 juin 1944, confirme cependant le passage d'une partie des hommes. C'est le IIIème bataillon dirigé par Helmut Kämpfe qui passe le vendredi 9 juin dans la rue principale de Saint-Léonard, pour partir en direction de Guéret, où ils doivent libérer la garnison attaquée par le maquis le 7 juin. Mais les SS de la division « Das Reich » arriveront juste après la Wehrmacht, l'armée régulière, qui aura déjà fait « le travail ». Et le soir de ce 9 juin, Helmut Kämpfe est capturé puis exécuté par des maquisards aux alentours de Saint-Léonard.

Rose n'a donc pas vu exactement les hommes qui partaient en direction d'Oradour. Elle a vu une partie de la division, affectée à la mission de Guéret. Il est néanmoins très aisé de comprendre pourquoi elle reste convaincue d'avoir assisté au passage des bourreaux d'Oradour : l'événement aura marqué la région et l'histoire de la fin de cette guerre, localement, nationalement, même à l'échelle mondiale. L'insistance de Rose à faire et refaire ce récit est sans doute une manière de s'étonner et en même temps de se féliciter d'avoir été, du haut de ses neuf ans, le témoin direct – la protagoniste ? - d'événements de cette importance. Elle me raconte au téléphone qu'elle allait ce jour-là à l'école à pied, depuis la ferme « chez Léger », comme d'habitude. Elle devait, pour atteindre les premières maisons du bourg, traverser des champs libres par un chemin qu'elle connaissait par cœur. Il y a une petite rue qui remonte du vallon vers le haut du village, et qui est bordée de maisons. C'est cette rue qu'elle a dû emprunter. D'après la carte, ce pourrait être la « route du tard », mais je n'en suis pas sûr, et son nom a peut-être changé depuis cette époque. Elle était déserte et le village tout entier plongé dans un silence lourd, car, à ce moment-là, une longue colonne de blindés allemands traversait la commune.

Rose, insouciante, ne comprend pas ce qui se passe. Aussi, elle continue d'avancer, « rasant les murs » comme elle me le dit au téléphone. Mue par sa curiosité naturelle, elle ne mesure pas le danger. Les habitants, eux, ont bien compris qu'il ne fallait pas se montrer. On commence à en entendre parler, de ces troupes de SS qui sèment la terreur parmi la population. C'est une nouvelle stratégie : puisque les gens se défendent en prenant le maquis, en commettant des actes de sabotages, que les autorités allemandes nomment « des actes terroristes », il est « légitime » que les troupes s'en prennent à des cibles civiles en guise de représailles. Voilà l'argument avancé pour « justifier » les actes barbares commis dans cette région pendant quelques semaines le long du périple de cette division « Das Reich ». Par une curieuse coïncidence, en relisant ce manuscrit, à Noël 2016, pour en corriger les fautes, il se trouve que je suis en train de lire aussi le livre qu'Alexandre Jardin consacre à son grand-père, Jean Jardin, bras droit de Pierre Laval à Vichy entre 1941 et 42. Il explique en d'autres termes ce qui fait l'arrière-plan militaire et politique de cette scène enfantine de Saint-Léonard du 9 juin 1944 : « Oradour fut une importation ponctuelle des méthodes en vigueur à l'Est, devenues provisoirement nécessaires aux yeux des Allemands en raison du déplacement des troupes d'occupation du Sud-Ouest qui remontaient vers la Normandie, pour contrer les débarquement. L'OKW (haut commandement de la Wehrmacht) avait décidé de terroriser les civils, pour les désolidariser de la Résistance française, et éviter la formation d'une République autonome dans le Centre. » (Alexandre Jardin, *Des gens très bien*, Grasset, 2010, pp. 69-70 de l'édition du Livre de poche.)

On sait en effet que sa remontée depuis Montauban, où elle avait été stationnée pour se remettre des durs combats qu'elle avait menés sur le front de l'Est, est émaillée de toute une série d'accrochages avec la résistance, et d'actes de représailles contre les populations civiles. Dans le désordre, on compte 6 prisonniers et 4 morts à Belfort du Quercy, 15 prisonniers et 5 civils tués à Montpezat de Quercy, 9 tués à Limogne, 15 à Freyssinet le Gélat, 2 morts à Lunan, 448 capturés à Figeac, 44 morts à Gabaudet, etc. Le périple de cette horde disciplinée est donc bel et bien une succession de forfaitures de guerre, de massacres cruels. A Tulle le 8 juin, il y eut 149 prisonniers et 99 pendaisons. La stratégie est simple : monter les civils contre les résistants, afin de casser la dynamique du soulèvement intérieur, dans le prolongement du débarquement des alliés en Normandie. Apprenant l'arrivée des troupes américaines en France, tous les réseaux de résistance avaient intensifié leur lutte et multiplié les actions de sabotage contre l'occupant allemand. La folle divagation de la division « Das Reich » est l'exemple type de la riposte germanique. Oradour est en quelque sorte l'acmé de cette course folle : 642 personnes sont assassinées par les troupes d'Adolf Diekmann et d'Otto Kahn, qui, le 10 juin, les enferment dans l'église du village à laquelle elles mettent le feu.

Rose doit être là, bouche bée, devant cette colonne ininterrompue de blindés qui passent d'Ouest en Est sur la route contournant le centre du village. Cela fait un bruit du tonnerre, des vrombissements de moteurs, les chaînes des chenilles cliquettent sur le revêtement de la route principale, les fumées d'échappement propagent un peu partout cette odeur âcre de gasoil et de brûlé. D'autant que dans ce sens, à l'endroit où doit se trouver Rose pour les apercevoir, les véhicules arrivent au sommet d'une côte assez sévère et ont dû pousser les mécaniques. Le spectacle doit être particulièrement saisissant pour une petite fille. Fascinée, je l'imagine qui s'approche encore plus du bord de la route, pour voir ça de plus près. Et c'est alors qu'une femme, terrée dans sa maison dont elle a dû fermer les volets pour donner l'impression d'un village mort, à l'abandon, ouvre précipitamment sa porte, attrape la petite par la manche, et la fait entrer dans l'obscurité silencieuse. Elle met le doigt sur sa bouche pour lui faire signe de se taire, et lui dit de s'asseoir dans le salon, en attendant que ce soit terminé. Rose reconnaît la dame : c'est la maman d'un garçon de sa classe, qui d'ailleurs est là, lui aussi, silencieux sur une chaise. Lorsque le vacarme cesse et que les soldats sont passés, cette femme donne rapidement un petit viatique aux enfants, et sans doute renvoie-t-elle chez elle la petite, non sans avoir d'abord vérifié que la voie était libre et qu'elle ne courait plus de danger. « Sois prudente en repartant chez toi, ma petite » lui dit-elle probablement.

Au téléphone, Rose me raconte seulement l'essentiel : la rue qu'elle monte, les blindés, la femme qui l'attrape, et surtout : « je me souviens, nous n'avions pas eu école ce jour-là ».

Chapitre vingt

(Vieux Brisach, 1984)

Chapitre insulaire. Totalement imaginé, fictif. Personnages météorites : on ne va les rencontrer qu'ici, on ne les verra plus. Sans importance pour les fils principaux du récit, mais utiles à saisir le sens global.

Catherine est du coin. Elle est née à Muntzenheim, et elle n'a pas quitté son Alsace natale. Elle a fait son lycée à Colmar, est devenue secrétaire de direction. Puis elle a été embauchée dans une entreprise de négoce de vins fins : la région est viticole, et tente de se tourner vers l'exportation haut de gamme pour faire face à la crise. Catherine parle très bien anglais et allemand ; c'était une très bonne élève qui a toujours bien travaillé. Elle est à l'écoute, elle comprend et elle apprend vite. Aussi se fait-elle rapidement remarquer, et lorsqu'il s'agit, pour son patron, d'explorer de nouveaux marchés locaux à l'international, elle est choisie pour ses qualités d'écoute et sa maîtrise des deux langues étrangères les plus pratiquées par ici. On l'envoie en septembre 1981 en mission dans les pays nordiques (la Norvège puis la Suède) afin de nouer des contacts avec des négociants en vin qui seraient susceptibles de trouver de nouveaux débouchés aux millésimes luxueux que produit la firme qui l'emploie, et dont le siège est à Colmar. Là, elle rencontre Sven Wallersson, un jeune entrepreneur suédois qui vient d'ouvrir une chaîne de magasins spécialisés dans la vente de vins fins dans les grandes villes. C'est un peu le début de ces offres très pointues en matière de consommation et de gastronomie, que quelques décennies plus tard on finira par assimiler à une sorte de « boboïsation » des mœurs ou de gentrification des centres-villes. Sven tombe assez rapidement sous le charme de cette petite alsacienne souriante, très aimable, discrète, brune et plutôt pétillante. Elle est encore assez protestante pour lui plaire beaucoup ; car elle a le sens du travail, le goût de l'efficacité, des valeurs morales fortes. Elle est déjà assez exotique pour lui donner un petit sentiment excitant d'ailleurs : brune, moins grande que ses camarades suédoises, et surtout elle a un goût indéniablement plus développé que ses compatriotes pour le plaisir sensuel et les choses de la chair, à commencer par le vin qu'il affectionne tout particulièrement. Bien sûr, il n'en serait pas arrivé au négoce des vins raffinés s'il avait adoré seulement la Bible de Luther et son portefeuille d'actions.

Je vous la fais plutôt courte : ils se plaisent, profitent d'un voyage retour de Sven en Alsace pour se revoir, sortir en boîte de nuit, boire un verre de trop, finir dans le même lit et échanger des serments pleins de grandes phrases et entrecoupés de baisers passionnés. Sven, en particulier, en profite pour visiter les vignobles et comprendre les choix œnologiques, les cépages, la tradition agricole du domaine où travaille Catherine. Il revient en Suède enchanté par l'Alsace, conquis par Catherine, et désireux de venir s'installer dans cette belle vallée où il pourrait conjuguer le conjugal avec le professionnel. Il laisse à un ami proche la gérance de ses magasins en Suède, et ouvre sa première boutique française à Colmar, où il commence par vendre des vins locaux qu'il diversifie assez vite avec d'autres très exotiques pour l'époque : on n'en est pas encore à faire découvrir aux palais européens les productions australienne ou californienne, mais on goûte déjà, comme si c'était à la fois péché et comble de la mode, des bouteilles venues d'Espagne, du Portugal ou d'Italie. La mondialisation est en marche. Rien ne l'arrêtera pendant plus de trente ans, avec les bienfaits et les malheurs que l'on sait, et ceux qu'on va continuer de découvrir. Mais revenons à notre mouton blond et à notre brebis brune.

Lecteur, tu sais ce que c'est, car tu as déjà lu Jane Austen, et / ou tu as déjà regardé des téléfilms l'après-midi sur M6 : l'amour, ça vous prend comme ça, au débotté, vous n'y pensiez pas cinq minutes avant, et tout d'un coup, vous prenez un avion, vous quittez amis et famille, vous apprenez une langue étrangère, et vous vous installez dans une contrée que vous ne situiez pas sur une mappemonde deux jours plus tôt. Sven veut se marier. Il part vivre en France, et la date de la cérémonie est fixée au samedi 19 mai 1984, parce que c'est la saint Yves, le prénom du petit frère de la future épouse. Je sais, de tels détails nous font perdre du temps. Allons au fait. Cette cérémonie a lieu dans une charmante propriété appartenant à un ami de la jeune mariée. Sa famille l'occupe depuis plusieurs générations. C'est un domaine ancien, construit au milieu du 18ème siècle. Il garde les aspects traditionnels des constructions alsaciennes, les colombages, le torchis, les géraniums aux fenêtres, une belle cour avec grange transformée en habitation, et le luxe suprême d'une piscine privée dans le jardin verdoyant et ombragé. Il y a de la place, quelques vieilles pierres dont certaines, dit-on, ont été ramenées, lors de la construction, du village allemand voisin de Vieux-Brisach, avec une série de vieux machins de métal hors d'âge dont le savoir ancestral et populaire a perdu la destination initiale. Mais ça fait ancien, donc authentique, et l'époque n'est pas encore à la conservation du patrimoine, mais plutôt à l'étalage des signes extérieurs de ce que vous savez. La mondialisation a commencé, vous dis-je.

Et l'apéritif aussi, depuis déjà un bon moment. Ce qui a donné l'occasion aux gorges assoiffées (il fait déjà chaud en ce printemps continental) de s'étancher un peu dans les alcools divers et goûteux que vous imaginez bien, vu le métier de l'un et l'origine de l'autre. Bref. Ça parle déjà assez fort, les blagues et les rires fusent. Mais dans la compagnie, il y a un vieux bonhomme qui planque un large sourire patelin au fond d'une moustache abondante et plutôt passée de mode. Qui aurait voulu l'écouter depuis le début du vin d'honneur aurait assez vite compris que c'était un féru de bonne chère et d'Histoire : un fin connaisseur des cépages locaux, les Sylvaner, les pinot blanc et gris, le riesling, et un grand spécialiste, à ses heures perdues, de l'Histoire de sa région. Il parle avec un fort accent, le ventre en avant. Alfred, le vieil Alfred bonapartiste, le père de Jo, de Rose et d'Alice ne l'aurait sans doute pas renié. Il a échangé quelques minutes plus tôt avec le maître de maison, s'est fait expliquer l'origine de certaines pièces décoratives qui l'intriguaient dans la cour, et on lui a dit notamment que le boulet de canon en bronze qui trône sur une sorte de présentoir en grès près de la fontaine ornant le terre-plein central, à l'entrée, lui a été offert par un ami très cher d'outre-Rhin, nommé Wilfried, à l'occasion de la défaite de la France contre les allemands (nous parlons football là, mais vous aviez compris) lors de la célèbre demi-finale de 1982, qu'ils avaient regardée ensemble autour d'un verre. Déjà les puissantes vertus conversationnelles de l'alcool. Il lui avait dit : « ce boulet, je te le donne pour symboliser la puissance de feu de Horst Hrubesch », le dernier « artilleur » de l'équipe d'Allemagne de Jupp Derwall, qui avait cruellement mis fin aux espoirs des petits français trop tendres de Michel Platini. Mais vous savez tout ça, je n'y reviens pas. Il avait ajouté à son hôte que c'était là un très beau cadeau pour pardonner à son pays, car il l'avait trouvé en 1956 dans une très vieille maison qu'il avait achetée et retapée. On lui avait dit que ce boulet datait de la guerre de trente ans. C'était dire sa valeur.

Après que la noce eut bu tout son soûl, les choses commencèrent à devenir un peu plus délicates : les gros buveurs avaient monté le volume sonore de leurs éructations d'un ou deux crans, les quelques personnes rétives à la perte de contrôle de soi qu'entraîne toujours l'excès de libations commençaient à faire la grimace, à trouver notre vieux bonhomme un peu envahissant. La mariée s'approche alors de l'oreille de son époux et lui demande de faire son possible pour que le fâcheux ne lui gâche pas totalement sa soirée de mariage. Ni une ni deux, Sven, qui n'a pas lésiné, lui non plus, sur le divin breuvage, s'approche de Charles (appelons-le ainsi, nous ne l'avions pas encore baptisé) pour lui demander de ne pas trop attendre pour rentrer chez lui se coucher. Charles ne le prend pas très bien ; la conversation devient assez bruyante, au point que le jubilaire se retourne deux ou trois fois vers Catherine en haussant les épaules en signe d'impuissance, et la quatrième avec un sourire presque gêné, car il comprend que plusieurs personnes sont incommodées.

C'est alors qu'arrive l'esclandre : Charles s'emporte et laisse libre cours à des phrases qu'il avait sans doute prononcées jusque-là à voix très basse, par respect pour les accords de Genève. « Ah mais mon jeune ami, ce n'est pas vous, le viking des plaines subpolaires, qui allez me pousser hors de cette maison typiquement de chez nous. Je suis d'ici, moi, je suis né là, je ne déferle pas sur la belle plaine d'Alsace pour venir y voler les filles, y piller les vignobles, moi Monsieur. Non mais ! » Sven ne sait pas trop quoi répondre, et du coup, atavisme nordique ou réflexe idiot, il fait mine de lever la main, comme pour asséner un coup sur le crâne de l'importun. Celui-ci pousse de plus belle des cris d'orfraie, au milieu desquels on distingue ces mots : « (….) mais voyons mais ça serait un comble, quand même, que ce foutu huguenot blondinet (…) venu jusqu'ici depuis ses forêts de pins et ses fjords gelés (…) enlever sur son canasson du diable la belle fille du pays, que tous les bons gars alsaciens convoitaient (…) » Et que le lecteur se rassure, nous en passons, et de plus mûres encore !

Bref, poussé à bout, notre Charles se dirige dans la cour, car en même temps qu'il rodomonte un peu, il sait bien qu'il n'aura pas le dernier mot face à la masse musculaire du grand blond, ni devant son sang-froid d'iceberg. Alors, pour mettre un point final au débat, et l'emporter symboliquement tout en se ménageant une porte de sortie suffisamment digne, il se dirige droit – autant que faire se peut - vers le piédestal de la cour, où trône le fameux boulet de la guerre de trente ans, s'en saisit, l'arrache à son support, et le lève au-dessus de sa tête en criant : « espèce de grand machin, reprends-donc ce boulet que tes ancêtres ont amené ici, et rapporte-le chez toi. Tu passeras le bonjour à tous les autres pilleurs et envahisseurs de ton espèce, qui sont venus dévaster nos plaines et tuer nos enfants ! » Et il lui jette le boulet en tournant des talons.

    Incrédule, Sven a néanmoins le réflexe d'attraper la chose (il a fait du handball pendant sa scolarité au lycée près de Göteborg) et ainsi d'éviter le pire. Charles parti, on finira par rire de l'incident, mais il n'est pas sûr que Sven ait réellement compris d'où partait toute cette affaire, ni le coup du boulet. Catherine n'a sans doute pas vraiment compris non plus. Par bonheur, toi au moins, lecteur, instruit des tenants et aboutissants de ce boulet de bronze, tu es en mesure d'apprécier toute l'ironie de l'histoire (minuscule ou majuscule) par laquelle il a, une fois de plus, transpercé les pages du grand livre des heures de l'Alsace. Il avait fait des morts sur les champs de bataille, avait servi aussi à fracasser le crâne d'un pauvre paysan innocent, il faillit ruiner, en ce soir de noces, les espoirs d'une paix durable entre les pays d'Europe. Fragile Europe, lamentable Sisyphe encore et toujours condamné à traîner son boulet.

Chapitre vingt-et-un.

(Dora, entre 1944 et 1945)

A Dora, les déportés ne voulaient en aucun cas aller au « Revier » (l'infirmerie). Celui qui s'y rendait avait toutes les chances d'en sortir les pieds devant, et de partir en fumée par la cheminée du crématoire de Buchenwald.

A Dora, s'il y avait eu une « bourse », la valeur d'un pou aurait atteint des sommets, car lorsqu'on vous en repérait un sur la tête, vous aviez droit à deux jours de repos après la désinfection.

A Dora, les lits du bloc N 09 étaient superposés sur trois niveaux. Ils faisaient 60 centimètres de large, et on y dormait à deux, et parfois à trois. Dans ce cas, il fallait être tête bêche, et supporter les odeurs qu'on imagine en reniflant les pieds des camarades d'infortune.

A Dora, certains, comme Albert Amat, parvenaient à voler du matériel électrique dans le tunnel de fabrication des fusées, et bricolaient des récepteurs radio, qu'on utilisait pour écouter le récit des revers militaires allemands.

A Dora, l'été 1944 fut très chaud, et on souffrit beaucoup du manque d'eau. Heureusement, on avait appris la nouvelle du débarquement américain, ce qui avait momentanément atténué les souffrances.

A Dora, environ dix pour cent de l'effectif du camp mouraient chaque mois, soit environ 2000 personnes. Et la moyenne de survie était de trois ou quatre mois. Joseph, qui était arrivé début décembre 1943, y resta près de dix-huit mois.

A Dora, Louis Dessagne fut battu à mort en mars 1945 car il avait été vu volant un quignon de pain. Son frère Paul fut au nombre des victimes du massacre de Gardelegen, au cours duquel plus de mille hommes furent brûlés vifs dans une grange.

A Dora, le début de l'année 1945 fut plus froid encore qu'en France. Et les Allemands semblaient débordés par l'afflux de convois toujours plus nombreux. Ils reçurent 350 juifs, avec des femmes et des enfants, qu'ils laissèrent dormir dehors par -15°. Au bout de quelques jours, ils étaient tous morts.

Un jour, Joseph aperçut un jeune « chien-loup », comme il dit, âgé de trois mois, qui devait appartenir à des SS. Habilement, ils réussirent à s'en emparer sans se faire remarquer par les gardes. Joseph, qui avait appris à tuer le cochon à Saint-Léonard, et qui savait aussi parfaitement découper la viande, se chargea d'achever l'animal et de le dépecer. Il enterra la peau et les boyaux quelque part ici, juste derrière le bloc. Afin d'éviter que quelqu'un aperçoive la petite butte de terre qui pouvait les trahir, Jo creusa un autre trou à côté, de façon à faire croire que le monticule était fait de la terre prise pour ce second trou. Ruse et ingéniosité, pour quelques pelletées de terre qui pouvaient les mener au gibet s'ils étaient repérés. Ils trouvèrent un seau en métal qui traînait par-là. Ils s'en servirent de marmite pour faire cuire le chien dans leur ration de margarine. Par chance, le Kapo ne les dénonça pas. Bien au contraire, il fut assez heureux de pouvoir partager une partie de ce festin avec eux. Quelque temps après l'histoire du chien-loup, lors d'un appel, on fit sortir du rang du Kommando 77 auquel appartenait Joseph, les 5 plus jeunes « Häftlinge » (prisonniers). Jo en faisait partie. Il se mit à craindre que la disparition du chien n'eût été découverte et qu'on eût aussi trouvé les coupables. Il n'en menait pas large. Parce qu'au même moment, un autre commando était en train d'installer 5 potences au milieu de la place d'appel. Etait-ce vraiment la fin pour eux ? Mais soudain, on fit s'avancer un groupe de 5 détenus russes, les mains liées dans le dos. Quant aux cinq jeunes gens, on leur servit une ration de pain supplémentaire : les Russes furent pendus pour avoir tenté de s'évader, sous les yeux du reste des détenus, forcés de regarder les silhouettes se tordre comme des vers au bout des cordes. Joseph et ses quatre camarades durent, comme les autres prisonniers, garder les yeux fixés sur les 5 suppliciés, en même temps qu'ils mangeaient leur ration de pain.

À Dora, la production des V2 est arrêtée en mars 1945 et le 3 avril, le camp est évacué. Les prisonniers sont alors emmenés à l'extérieur, dans ce qu'on a appelé les marches de la mort.

Lecteur, je sais bien que ce n'est pas drôle, tout ça. Je me demande jusqu'où il faut aller dans le récit des événements contenus dans le témoignage de mon grand-oncle. Il est arrivé à des SS de faire visiter le camp à leurs femmes, et de mettre en scène devant elles les violences qu'ils pouvaient, qu'ils devaient, qu'ils aimaient faire subir aux prisonniers. Comment ont-ils pu en arriver là ? Pouvons-nous concevoir que cela ait eu des vertus aphrodisiaques ? Il faut croire qu'au moins, cela devait exciter quelque chose comme de l'admiration chez ces femmes. La propagande idéologique se présente comme une « pensée », alors qu'elle est conçue pour l'empêcher. Elle n'est pas une « pensée » parce qu'elle dit « faites ce qu'on vous demande, ne vous posez pas de question car nous nous en sommes chargés à votre place, et il ne vous reste plus qu'à suivre les instructions ». La vraie pensée pèse, mais l'âme des tortionnaires de Dora était légère.

Aujourd'hui est un temps de propagande généralisée, où circulent des idéologies par mégabits et par téraoctets. Et pour que chaque récepteur de ces informations, pour que chaque individu demeure capable d'un peu de recul, de décider seul, en son âme et conscience, ce qui est bien, ce qui est mal, ce qui est juste ou injuste, on n'imagine pas ce qu'il faut d'énergie et d'amour, d'empathie et de pensée. On n'imagine pas la conjuration bienveillante qui doit conspirer à l'éducation, à l'élévation, par la lecture, l'échange, le travail, la patience et l'effort.

Oui, c'est bien à toi que je parle, lecteur. A toi qui roules ta bosse sur les réseaux sociaux, à toi qui as des opinions sur tout et n'importe quoi sans avoir réfléchi beaucoup, à toi qui réclames, qui revendiques, qui supportes ou qui réfutes en un tournemain ; à toi qui « like », à toi qui prends pour argent comptant les idées les plus farfelues grappillées sur le net, à toi qui rêves d'un avenir mécanique, qui crois que le progrès ne s'arrête jamais, qu'il rend les vies plus douces, à toi qui veut être positif, profiter des opportunités du global network, aller de l'avant, bien choisir, toi qui penses qu'impossible n'est rien, toi qui veux faire du ciel le plus bel endroit de la terre, toi qui est convaincu que sans cœur nous ne serions que des machines, toi qui désires penser différent et vivre curieux, toi qui veux le meilleur du numérique, parce que le monde bouge, toi qui as tout compris, toi en qui est le tigre, qui penses que c'est beau la vie, pour les grands et les petits, toi qui apprécies le goût des choses simples, qui penses que la solidarité est une force, que sans maîtrise, la puissance n'est rien, toi enfin qui voudrais hurler de plaisir, parce qu'y a pas mieux. Je te parle, comme à un homme ou à une femme. N'oublie pas l'empathie, car tes semblables sont tes semblables ; n'oublie pas le savoir, la pensée et les livres, car tu leur dois tout ce que tu as reçu en héritage, et c'est en eux que tu trouveras la force de renaître quand tout sera en cendres.

Chapitre vingt-deux

(Olivet, 14 novembre 2016 ;
Saint-Léonard, 1972, date incertaine)

Maurice, le mari de Rose, est né en 1931. Rose, elle, en 1935. Ils se sont rencontrés en 1960. Maurice a fait des études de médecine, puis a été médecin d'active en Algérie. Ils se sont mariés en 1962. Ils furent d'abord deux regards sur cette guerre. L'un vertical, de la terre vers le ciel : les yeux de Maurice, alors âgé de 13 ans, qui travaillait avec son père juste à côté de Ferrières, comme fromager. On était fin juillet 1944, et Annecy serait libérée à la mi-août. Avec ses jeunes camarades, le spectacle des avions alliés au-dessus des Alpes, qui préparaient les bombardements, les fascinaient. Saint-Exupéry passa à bord de son Lightning P 38. L'autre regard était horizontal : celui de Rose, 9 ans, à Saint-Léonard, qui vit passer les chars de la division « Das Reich » le 9 juin 1944. Deux regards qui s'ignoraient encore l'un l'autre. Ils virent passer la mort, la destruction, juste sous leur nez, enfants. Deux regards témoins de loin de la catastrophe que fut cette guerre. J'ai appelé chez eux hier au soir, à Ferrières, en Haute-Savoie. Pour que Rose me raconte ce fameux jour où elle est allée acheter, à Saint-Léonard, les pierres sculptées qu'elle a restituées en 2016. J'ai parlé plus d'une heure avec tout le monde. Ma mère, que je venais d'appeler un peu plus tôt, m'avait prévenu : « Maurice, Rose et Pitou sont ensemble, ils jouent au scrabble. Tu peux les appeler, ils seront contents.» Pitou m'a dit qu'il traversait une passe un peu délicate, que la santé n'était pas au mieux (thyroïde en rade, fatigue, mauvais sommeil) : il ne tenait plus son engagement d'aller chaque dimanche vendre des toiles au marché de la création de Lyon. Mais ça allait revenir. Puis Rose et Maurice se relayèrent pour prendre le temps, très gentiment, de me raconter certains détails.

En 1972, d'autres membres de la famille avaient déjà effectué leur pèlerinage à Saint-Léonard. Et Rose ne l'avait pas fait. Cela faisait 10 ans qu'elle était mariée avec Maurice, et elle avait envie de lui montrer maintenant cet endroit, synonyme pour elle de protection, de paix et de bonheur d'enfance. Dans cette ferme, elle avait été heureuse pendant que l'Europe des hommes accomplis se déchirait. Elle allait à l'école, mangeait à sa faim les produits de la ferme, riait, priait chaque dimanche dans la collégiale romane où elle laissa un peu de son âme. Elle s'effaroucha devant les reliques de Saint-Léonard, sentit les parfums de l'encens, vit chaque Noël s'installer la crèche, en contempla les chapiteaux sculptés, s'initia ainsi à la beauté, celle qui nous élève. La guerre était terminée depuis plus de 25 ans. Rose avait 34 ans. Ils arrivèrent à la ferme, qui alors était justement en vente.

A l'instant d'entrer dans la cour, ce fut pour Rose une anamnèse. Elle leva les yeux et aperçut l'une des têtes, qui occupait, au faîtage de la grange, l'extrémité du bâtiment. Brusquement, elle se souvint. Elle avait oublié alors ces têtes, mais de les revoir, tout d'un coup, cela fit revenir comme une boule d'émotion au fond de sa gorge ; toute l'enfance. « Quand j'ai revu les pierres, ça m'a fait un choc » me dit-elle au bout du fil. Elle se rappela alors qu'elle avait demandé, étant petite, ce qu'étaient ces têtes. On n'avait pas su lui répondre. Et là, en 1972, devant ces visages sculptés, immuables, mangés un peu par l'érosion du vent et de la pluie, dévorés par une vigne vierge qui grimpait sur la façade, c'était tout qui revenait. Les yeux effarés des témoins, ce regard pétrifié sur les morts d'Oradour. « Le bruit courait qu'ils avaient d'abord voulu faire ça à Saint-Léonard, mais que le village était trop gros, et que c'était impossible. » Elle demanda à la propriétaire si elle pouvait lui vendre ces pierres. Celle-ci lui répondit qu'un acheteur était intéressé par la maison, qu'il devait revenir signer le compromis de vente. Elle n'avait qu'à repasser quelques jours plus tard, et si cet acheteur n'était pas revenu, elle pourrait les emporter.

Lorsqu'elle fut de retour avec Maurice, les pierres avaient été descellées des murs, elles attendaient Rose. Un voisin, ayant appris qu'une « folle » les avait achetées, dit d'un air goguenard : « Tu ferais mieux de vendre la ferme et la grange pierre par pierre, ça te rapporterait davantage ! »

Les pierres venaient d'un bâtiment du douzième siècle, dont on doit encore trouver quelques morceaux de murs recouverts de lierre et d'arbustes, quelque part à l'entrée du chemin d'herbe et de caillasse. Juste en face de l'endroit où la commune a fait récemment installer une plaque commémorative pour marquer le lieu de l'arrestation des frères Dessagne, les deux enfants du pays, et de Joseph Nonnenmacher le réfugié alsacien, unique survivant.

C'est une ruine aujourd'hui, celle d'un ancien dispensaire des templiers, cet ordre de moines soldats également religieux hospitaliers. Les pierres durent être réemployées par les paysans des alentours, lorsqu'ils construisirent leurs fermes, bien plus tard. Il devait se dire que des ruines fournissaient, tout près de là, quantité de belles pierres bien taillées qui pouvaient utilement consolider un bâti. Ces deux-là, avec leur beaux visages, avaient dû être choisies pour leur originalité, et pour leur volume : c'étaient deux beaux morceaux de tuffeau. Et décoratifs, en plus. La propriétaire qui les vendit à Rose lui affirma que si elle ne les avait pas achetées, le musée de Limoges les lui aurait prises.

Les deux visages partirent alors pour 44 années à Ferrières, où ils furent posés sur des supports de balance à tabac, quelque part dans la maison. En 1982, je ne les avais pas vus, ou pas remarqués. Je ne les ai observés qu'en mai dernier, lors de ce fameux week-end de restitution, chez Léger, où ils sont désormais. C'est une maison qui abrite une belle jeunesse, et où on entend la densité de leur silence spirituel.

C'est drôle, je termine ma conversation avec Maurice sur son service militaire, son enfance de fromager, l'histoire de la maison de Ferrières, où son grand père était né en 1854, avant même que la région ne devienne française, et Rose lui demande le combiné pour ajouter un dernier détail. Je lui ai lu, quelques minutes auparavant, les deux chapitres la concernant : à l'endroit où je décris le bruit des chenilles sur le revêtement de la chaussée, à Saint-Léonard, le 9 juin 1944, au passage des blindés allemands, elle me dit : « Je les entends encore ». J'avais pourtant imaginé ce détail-là sans savoir. Je lui ai relu aussi l'exergue de Saint-Exupéry, où il parle de son rêve de jardinier. Elle me dit alors, juste avant de raccrocher : « Tu sais Jean, la première personne qui m'ait parlé de Saint-Exupéry, de toute ma vie, sais-tu qui c'était ? –Non. – C'était M. Hoffmann, l'instituteur allemand que les nazis avaient installé à Drusenheim à partir de mai 1940, et qui faisait la classe. Celui que ta grand-mère avait dû héberger, et qui revenait souvent leur rendre visite depuis Heidelberg où il résidait, après la guerre. Il m'avait parlé du *Petit Prince*.» Ce dernier détail me plonge dans une amère réflexion : que reste-t-il, à l'heure d'internet et des réseaux sociaux, de ces temps de rachat où on recevait en Alsace les occupants d'hier, en toute amitié, autour d'un café et de quelques bonnes pâtisseries ? Que reste-t-il des échanges où la barrière de la langue n'était que le prétexte de traductions acrobatiques et amusantes, ponctuées d'éclats de rire ? Dans quel nouveau long silence ces deux visages de pierre vont-ils s'enfermer jusqu'à la prochaine paix ? Lecteur, dis-moi, si tu le sais.

Chapitre vingt-trois

(De Buchenwald à Saint-Léonard, mars-mai 1945)

Ce chapitre pourrait être à lui tout seul un livre. En cela il serait redondant avec bien d'autres publiés depuis la fin de la seconde guerre mondiale. Je me souviens de la très forte impression que m'avait fait *La Trêve* de Primo Levi. Tout le monde ou presque a lu *Si c'est un homme*, mais on connaît moins l'autre récit, celui du chemin du retour. Je touche ici aux limites de l'exercice : venir troubler le confort d'un lecteur dont on peut dire, s'il nous suit encore, qu'il est pour le moins endurant et résiliant ; quoi ? venir le troubler avec d'autres exactions, d'autres monstruosités encore, d'autres tortures, d'autres forfaitures ?

Les faits sont les faits, ils ont cette obstination têtue à ne pas pouvoir être réduits à néant. Nous ne pourrons y couper. Pourtant, j'ai choisi de rendre la narration élastique, et de m'attarder sur des moments de bonheur et de résurrection, car il y en eut quelques-uns, même au plus fort de cette épreuve extrême que fut le retour. C'est pourquoi, je vous propose de nous y prendre ainsi : une rapide chronologie assez blanche des dates que je connais de ce retour, et au gré de cette chronologie, des espaces plus vivants, plus denses, de description, en italique, quand il y aura un bon moment.

Fin février, début mars 1945 : Joseph, désormais séparé des frères Dessagne, dont on connaît le sort, est transféré dans un petit camp de transit où il n'y a que 250 détenus. Comme il parle l'allemand, Jo est affecté chez un « meister » (un civil travaillant pour le camp) qui installe le chauffage dans l'usine. Celui-ci vient donc de l'extérieur pour effectuer son travail, et peut ainsi voir le camp du dedans. Ils travaillent aux installations dans une ancienne brasserie, dont le sol est encore jonché de milliers de grains d'orge. Joseph les ramasse, et se forge une félicité du festin à venir. Le « meister », d'abord méfiant, a été adouci en découvrant que les deux prisonniers avec qui il travaillait n'était pas les monstres que la propagande national-socialiste lui avait décrits. Il avait assisté, incrédule, à une exécution de prisonnier à coup de pioche, répétant plusieurs fois dans sa barbe : « Ist das möglich ? Ist das möglich ? » Sans doute avait-il ensuite pris en empathie les deux prisonniers qui l'assistaient. *Je vois Jo, la tête penchée sur une boite de conserve vide transformée en casserole, qu'il a préalablement remplie d'eau, et qu'il chauffe à l'aide du chalumeau du meister, lors d'une pause de midi. Je le vois, avec son camarade Jean Lirrat,* *qui approche ses narines de la casserole de fortune, pour humer le parfum de l'orge en train de cuire. Ce parfum doux de la céréale qui s'attendrit, qui gonfle. Je les vois, je les imagine ensuite, avec leurs cuillers en fer blanc, celles qui ne les avaient pas quittés depuis le premier jour, celles qu'ils avaient aiguisées sur une pierre pour faire du manche un couteau à l'aide duquel ils pourraient trancher des parts de pain. Je les imagine renverser leur tête en arrière en dégustant ces graines d'orge cuites, comme si c'était un caviar luxueux. Je sens à leur place les graines éclater sous leurs dents, et libérer leurs sucs. Je sens leur estomac hésiter entre plaisir et rejet, déshabitué qu'il était de recevoir de la nourriture riche en énergie.*

Mi-mars 1945 : Joseph enterre une vingtaine de prisonniers morts sous un bombardement allié. Timidement, il demande à ses geôliers s'il peut observer une courte minute de recueillement à la mémoire de ces morts. Contre toute attente, on accède à sa demande. *Ce silence est aussi bon que les grains d'orge, car même si c'est un moment de deuil et de malheur, c'est un moment d'humanité, de cette humanité que depuis 15 mois on leur refuse systématiquement, et qui semblait n'être plus qu'un fantomatique souvenir. La terre qu'ils ont retournée pour faire les tombes est toute fraîche sous leurs yeux, dans le ciel Joseph a le temps de regarder passer un vol d'étourneaux, et à côté de lui, en silence comme lui et la matraque rangée, les SS qui les gardent fument une cigarette, comme si, le regard perdu dans la certitude de la défaite qui pointe, ils sortaient doucement du long engourdissement de leurs âmes noires.*

5 avril 1945 : c'est le départ des « Häftlinge » sur les routes. Les camps sont vidés ; les armées alliées s'approchent et il faut cacher les traces des victimes. Autant dire que ce n'est pas la délivrance, car il faudra avoir de la force pour la marche, de la chance aussi. En effet, au moindre faux pas, les SS voudront se débarrasser de leurs encombrants prisonniers.

Entre le 5 avril et la fin du mois, c'est une marche épuisante et dantesque. Les plus faibles ralentissent, finissent par tomber, et sont achevés par le SS qui ferme la marche. C'est ainsi un camarade tchèque, un maçon, avec qui Joseph aimait à discuter car il savait un peu l'allemand, qui meurt exécuté d'une balle dans la nuque, après avoir demandé l'autorisation de faire une dernière prière. C'est une femme civile, émue au passage de la terrible troupe en guenilles, qui pose un morceau de pain sur le rebord de sa fenêtre, sans être vue. Joseph s'en empare et le dévore avec un camarade avant que les autres ne le lui volent. C'est un villageois qui jette une cigarette à un prisonnier, parce que sa détresse l'émeut, et qui est surpris par le SS encadrant la colonne. Il est aussitôt arrêté et intégré à la troupe des déportés, dont il va subir le sort. Ce sont les routes jonchées de cadavres, le moribond blessé par une balle, gémissant la nuit entière juste à côté de Jo, et exécuté par un SS au matin seulement. C'est la suite du trajet dans un train destiné à l'origine au transport du bétail. Des wagons coupés à mi-hauteur, dans chacun un « posten » au centre et de chaque côté, et des hommes en armes en surplomb dans les wagons adjacents, tirant sur le moindre prisonnier qui se levait alors qu'on avait donné l'ordre de rester accroupis. C'est ce « Häftling » qui ne peut s'empêcher de se lever malgré les ordres, qu'on abat d'une balle. Et comme il ne reste presque plus de chair pour offrir de résistance à cette balle, elle finit sa course dans le corps d'un autre malheureux qui se trouve être le voisin de Jo. Et ironie du sort, les deux morts sont un père et son fils, qui jusque-là avaient réussi à survivre ensemble. Tués par la même balle. C'est le train, pris pour cible par les bombardiers alliés. Et dans la confusion, pendant que les SS se cachent contre les bogies et les roues du train, interrompant leur implacable surveillance, ce sont les détenus qui prennent la fuite, s'en vont en courant vers la forêt. C'est à perdre haleine pour se planquer derrière le tronc d'un conifère. Par chance, ce sont les balles qui sifflent sans atteindre Joseph, c'est le camarade d'à côté qui tombe à sa place, un autre compagnon d'infortune dont on croise la route. Mais c'est aussi, quelques minutes plus tard, un groupe de bucherons allemands, armés et faisant partie des *Volksturm*, qui les surprend, les arrête, et les ramène au train. C'est un Russe, qui avait dû se débattre et résister, à qui on fait sauter la cervelle d'une rafale de mitraillette. Chaque matin, pour les vivants, c'est la corvée de cadavres. Avant que le train ne s'ébranle à nouveau, il faut d'abord le purger de ses morts, libérer un peu de place pour ceux qui restent, et pour les nouveaux déportés qu'on ramasse en chemin, au gré des convois, des colonnes, des camps.

Le 30 avril : c'est l'entrée en gare de Prague, où la neige se met à tomber. Il fait nuit, des explosions retentissent un peu partout dans la ville. Le convoi s'ébranle à nouveau et repart vers la campagne. Au matin, tout le monde se retrouve sous une couche de 10 centimètres de neige. On descend du train, on mange un peu d'herbe. Joseph trouve une limace rouge qu'il croque pour la couper en deux : la moitié pour lui, l'autre pour son camarade Charles qui est là. C'est la fin. Les corps ne permettent plus d'avoir pleinement conscience de ce qui se passe ; les prisonniers sont dans un état semi-comateux, dans un état végétatif, incapables de la moindre réaction. Joseph le note ainsi : « les déportés s'éteignaient sans un râle, sans un signe, comme s'éteint une bougie arrivée à sa fin. »

Le 7 mai : Des civils sont autorisés par les SS à donner à manger aux détenus. Cette légère soupe leur a sans doute permis de rester en vie.

Le 8 mai : C'est un jour comme les autres, le train repart, puis s'arrête à nouveau dans la gare d'un petit village. Le convoi est encerclé par les troupes russes. Les SS comprennent que c'est fini, n'offrent pas de résistance. Ils sont immédiatement passés par les armes. Les soldats soviétiques ne font pas dans le détail. Les détenus sont libres. Mais peu importe. Ils sont livrés à eux-mêmes, avec une seule préoccupation : trouver de la nourriture. Quelques-uns d'entre eux, qui tiennent encore debout, se dirigent d'un pas hésitant vers une maison d'où parviennent des bruits de repas, fourchettes et couteaux qui s'entrechoquent, bruits de conversations banales. La famille Sedláček est à table : les temps de guerre sont rudes, et on n'a pas toujours des pommes de terre et des topinambours avec un morceau de viande de porc qu'on a bouilli pour l'attendrir. Le ton est morne et apeuré car les Russes sont là, tout autour. On ne peut pas parler trop fort, on n'ose plus dire ouvertement tout ce qu'on pense. Soudain, la porte s'ouvre. On n'a pas frappé, simplement la porte s'ouvre, doucement, et une fois dissipé l'instant d'éblouissement dû à l'irruption brutale du soleil, on aperçoit des silhouettes tout droit sorties d'un rêve : des marionnettes qu'on reconnaît à peine pour ses semblables, tous vêtus d'un pantalon et d'une veste grise et bleue à rayures. Certains portent des espèces de sabots de bois recouverts de toile, d'autre vont pieds nus. Il y a quelques secondes qui restent suspendues, dans l'attente de la suite : et les Tchèques attablés sont soudain pris de stupeur, comme face à l'apparition d'un fantôme, ou du diable avec jarret de bouc, tridents de feu et cornes rougeoyantes. C'est une terreur qui les saisit. En une seconde ils abandonnent leur repas, laissent tomber leurs couverts et déguerpissent littéralement en courant. *Tout ce qui est comestible dans cette salle à manger va y passer : la saveur délicieuse des topinambours et des pommes de terre, cette chair qui résiste un peu sous la dent, le goût salé des aliments, la chair tendre du porc bouilli, tout est littéralement englouti. Personne n'a pris la peine d'utiliser les fourchettes et les couteaux : des ustensiles dont on semble avoir oublié jusqu'à l'existence. C'est avec les mains qu'on se sert, profitant ainsi en plus de l'impression de chaleur au bout des doigts.*

Entre le 8 mai et le 28 mai : des plaisirs oubliés reviennent : dormir sous une tente, manger à sa faim, ne pas être réveillé chaque matin par le « Aufstehen ! » strident habituel, se reposer, se laisser faire, ne plus abuser de la résistance de son corps. *Et surtout, « une chose merveilleuse », se laver enfin avec du savon, pour la première fois depuis 18 mois. Se laver. Joseph le laisse entendre, il y avait dans cette première ablution d'après le camp, quelque chose de la résurrection, du retour à l'humanité, du baptême. Il ne s'agit pas seulement de nettoyer son corps des semaines d'abandon dans lesquelles on l'a laissé, il ne s'agit pas d'hygiène, de propreté, de précaution prophylactique, c'est bien plus que cela. La sensation de l'eau froide sur le corps, c'est comme un baume bienfaisant qui ruisselle jusqu'à l'âme, qui enveloppe tout l'être dans un embrassement de réconfort et d'amour, c'est retrouver enfin, un peu, la sensation d'être vivant. Comme un Jourdain d'Europe centrale dans lequel on revient à* *la vie*. Puis, viennent les autres menus faits de ce retour : le docteur, qui leur interdit de trop manger d'un seul coup, car il faut réhabituer l'organisme progressivement. Une tranche de pain peut suffire à certains repas. Ce sont les véhicules et la nourriture américaine, les transferts en camions US ou en jeep en direction de la ville autrichienne de Linz ; c'est un jour, l'expédition de quelques déportés, avec Jo, dans une ferme, où ils tuent un cheval pour s'en donner un festin de carnaval ; c'est ce plaisir de talion à dépouiller les soldats allemands qu'on arrête, les montres bracelet qu'on collectionne du poignet jusqu'au coude, sur tout l'avant-bras ; cette paire de jumelles que Joseph confisque à un soldat allemand, et qu'il rapportera en France à son retour. Je crois me souvenir que lorsque nous étions allés au Puy en Velay vers 1975, Jo nous les avait montrées, et nous avions pu observer les montagnes. *Et comme une dérisoire vengeance, ridiculement dérisoire, blague de potaches incommensurablement douce auprès des tortures subies, ce moment de pure jouissance : on avait laissé quelques SS prisonniers à la merci des déportés qui se trouvaient là. Joseph et ses amis, retapés par la nourriture enfin suffisante, par le repos et par le sentiment de liberté, s'étaient amusés, voyant les uniformes presque neufs des SS qui venaient de descendre du camion, à partir au ramassage de bouses de vaches dans la prairie avoisinante, et à en remplir les poches de leurs anciens tortionnaires. Comme un éclat de rire à la face de ce destin capricieux qui avait pris les vies de tant de leurs semblables, ils se réjouissaient d'avoir gagné ce combat contre la mort, d'avoir tenu, et se vengeaient – mais de façon tellement risible, non ? – par ce geste ubuesque.*

Lecteur, franchement, peut-on leur en vouloir de s'être ainsi vengés sur un groupe de soldats ? Peut-on une seule seconde se mettre à la place des déportés qui sortent de l'enfer ? En tout cas, il leur fallut 10 jours environ pour recommencer à ressentir en êtres humains : cette glissade de 18 mois dans l'animalité la plus instinctive n'est pas une pente qu'on remonte facilement. Il y a des marches, des étapes. Le passage des frontières, la sollicitude des soldats alliés, des médecins de la croix rouge, le café et le chocolat distribués en Suisse, puis la France où ils arrivent par Mulhouse, la douche de désinfection, l'épouillage, l'obligation éprouvante de lever les bras encore une fois devant un docteur, ravivant des souvenirs cruels.

A Paris, on les dirige vers l'hôtel Lutetia. Et Joseph y passa la nuit sur le chemin du retour à Saint-Léonard. *Une nuit comme on en vit une ou deux fois dans une existence : ce sentiment d'être dans un endroit irréel, où les boiseries luxueuses font un contraste terrible avec la misère des locataires de passages, si nombreux qu'on les laisse dormir à même le sol. Joseph passe une des nuits les plus douces et agréables de son existence, là, sur les marches en marbre de l'hôtel Lutetia, au milieu de ses camarades d'infortune venus de partout et qui sont acheminés ici pour être comptés, identifiés, examinés. Il dort à même le sol lisse et froid, dur mais solide, sans obligation horaire pour le réveil, d'un sommeil de plomb, de pur repos. Une nuit coupée d'avant, une nuit sans fantôme, sans colonnes d'ombre glissant comme des barques immobiles à travers l'eau noire du Styx, une nuit sans cauchemar, sans réveil en sursaut causé par le pied du voisin dans la figure, une nuit plus douce que la béatitude même.*

Le Lutetia a été construit à la demande de Mme Boucicaut, l'épouse de l'inventeur du commerce moderne, le créateur du « Bon marché » (le « *Bonheur des dames* » de Zola) pour permettre aux visiteurs de province de descendre à l'hôtel juste en face du magasin, où ils venaient faire leurs achats. Il a accueilli durant l'entre-deux guerres les intellectuels et artistes en vue : Picasso et Matisse, André Gide, Samuel Beckett, André Malraux. Albert Cohen y a écrit *Belle du Seigneur*, et le général De Gaulle y passa sa nuit de noces ! Antoine de Saint-Exupéry y séjourna avec son épouse Consuelo. Notre cher Saint-Ex ! Comme on le retrouve, n'est-ce pas ? Le jour où Joseph y passe la nuit, en mai 1945, cela fait déjà 10 mois que son corps se décompose au fond de la méditerrannée, dans les Calanques. Puis Sabine Zlatin, appelée aussi « la dame d'Izieu », transforma l'hôtel en centre d'accueil pour les déportés de retour des camps. Les familles sans nouvelles de leurs proches venaient en nombre chaque jour coller leurs nez sur les fiches d'identité des déportés revenus des camps, et ils espéraient avoir des nouvelles, par le biais des chanceux qui étaient revenus, de tous ceux dont on ne savait rien. Cet endroit devait être un rendez-vous de l'Histoire. Après que les élites l'eurent fréquenté avant-guerre, la lie de l'humanité s'y retrouva en transit, le temps d'une nuit sur les marches de marbre, les réprouvés des camps de concentration y furent de passage, avant de rendre aux nantis ces lieux de fêtes et de luxe disproportionné. Je suppose que Joseph quitta son escalier de marbre le 26 ou le 27 mai 1945.

Chapitre vingt-quatre.

(Saint-Léonard, 25 janvier 1945)

Une fois arrivée à Limoges, la petite troupe de 5 exilés formée d'Alice, de Marin, de sa sœur Joséphine, de Malou et Gaby, prit un train pour Saint-Léonard. Joséphine monta dans le wagon contrariée, parce qu'à la gare, on lui avait réclamé 50 centimes pour un passage aux toilettes. Or, lecteur, j'ai mené ma petite enquête. J'ai découvert qu'à cette époque, le kilo de pain vaut 6,67 francs. C'est pourquoi je ne comprends pas très bien le mot de Joséphine. Sans doute est-ce qu'elle n'avait pas du tout l'habitude de donner de l'argent pour aller faire pipi, ou bien sommes-nous, aujourd'hui, trop habitués à payer le prix d'un demi pain pour utiliser les toilettes publiques. A moins qu'à l'heure des choses chères et inutiles, nous ayons perdu pied avec la réalité : en 1945 l'essentiel de l'argent devait être consacré à l'achat de la nourriture de base, et le pain en était une composante essentielle. Et vu le contexte de la guerre, les gens ne devaient pas trouver du pain tous les jours. Aussi, ces 6,67 francs représentaient-ils sans doute une grosse somme, et surtout un pécule vital et non de l'argent de poche. Quoi qu'il en soit, Joséphine était allée faire ses besoins dans les toilettes publiques en gare de Limoges, et elle sortit furieuse, en disant, je cite en allemand (car je ne sais pas orthographier correctement l'équivalent en alsacien) : « So teuer hab'Ich noch nie gepinckelt ». Ce qui signifie littéralement : « jamais de ma vie je n'ai payé aussi cher pour aller pisser ». Bref, après cet incident somme toute mineur (prière de ne pas le mettre en balance avec les faits rapportés dans le chapitre précédent), ils montèrent dans un train à destination de Saint-Léonard de Noblat.

Arrivés à la gare, et après avoir déposé les bagages à la consigne – il serait toujours temps d'aller les récupérer plus tard lorsque d'autres bras pourraient les aider ; ces bras dans lesquels on se faisait une joie de se jeter, de se blottir après toutes ces années de séparation – ils partirent à la recherche des Alsaciens. La plupart des réfugiés venus de Drusenheim étaient retournés chez eux en mai 1940, intégrant ainsi le Reich. Les seuls qui étaient restés, c'était donc la famille du vieil Alfred, l'indécrottable. Aussi quand on disait « les Alsaciens » à Saint-Léonard à cette période, cela ne pouvait prêter à confusion. On savait bien de qui il s'agissait. Ils allèrent ainsi un moment de ferme en ferme dans l'espoir de les retrouver, ou au moins d'obtenir des informations. Lorsqu'ils arrivèrent enfin à la ferme des Dessagne, voisine de celle des Alsaciens comme le sait le lecteur attentif, ils furent reçus avec énormément d'attente et d'émotion : on espérait tant avoir de leurs bouches des nouvelles des deux fils de la maison arrêtés en novembre 1943. Bien sûr, ni Alice, ni Marin, ni Joséphine ne purent en donner aux Dessagne. On imagine leur déception. En tout cas, on leur indiqua qu'ils trouveraient leur famille quelques centaines de mètres plus loin, à la ferme « Chez Léger ».

A la ferme, à cet instant, Laurent, le frère d'Alice et de Joseph, était occupé aux tâches quotidiennes dans la cuisine. Sans doute épluchait-il des pommes de terre qu'il venait de sortir de la cave, ou bien venait-il de remettre une bûche du bois qu'il avait coupé la veille, dans les fourneaux pour la soupe du midi ? En tout cas, il vit par la fenêtre arriver l'improbable équipage. Les mots qu'il a dû prononcer à ce moment-là sont sans doute restés dans la mémoire de Marie, d'Alfred, et des autres car on les aura ensuite racontés, repris, cités tant de fois qu'ils se sont fixés dans le récit familial. Chaque famille a son roman oral qui se transmet autour des tables lors des repas, aux naissances et aux baptêmes, aux mariages et aux enterrements, lorsque reviennent sous la langue des uns et des autres, les épisodes saillants des petites histoires prises dans la grande, ou simplement des anecdotes significatives du caractère de tel ou telle.

Voilà cette fameuse phrase du premier témoin. « Qu'est-ce que c'est que cette caravane ? » Sans doute d'ailleurs n'avait-il d'abord compris qu'à moitié de qui il s'agissait. Sans doute était-il au moment de cette phrase encore dans l'incrédulité mêlée du fol espoir que ce fût eux, sans doute n'était-il pas encore vraiment conscient que ce fût la réalité, que deux ou trois minutes plus tard il pourrait prendre dans ses bras sa sœur quittée 4 ans plus tôt et jamais revue depuis , sans doute ne savait-il pas que son cœur allait s'agrandir d'un seul coup de deux nièces de 2 et 4 ans qu'il n'avait jamais vues. Qu'est-ce que c'était que cette caravane ? D'où sortaient ces 5 petites silhouettes qui semblaient tituber dans la descente vers la ferme, mais qui paraissaient être pressées, anxieuses d'arriver enfin. On le rejoignit à la fenêtre, et tout le monde se rua à l'extérieur pour les accueillir, car enfin on avait compris : Alice était de retour, elle amenait ses filles et deux personnes les accompagnaient.

Lecteur, veux-tu que je fasse autre chose que recopier le plus fidèlement les mots du roman familial ? Non ? Mais ces mots, encore faut-il les fixer. Ces instants, ils les avaient tant racontés, ils se les étaient tant remémorés qu'ils pensaient sans doute que jamais cette mémoire ne pouvait disparaître. C'eût été faire injure à l'émotion même des retrouvailles, à l'énormité même de la souffrance ressentie dans ces épisodes. Pourtant, de toutes les personnes présentes dans cette scène, seules vivent encore Rose, Mado et Gaby, alors il faut bien figer d'une façon ou d'une autre cette minute. Alfred était dans la cour. Marie et Joséphine (l'autre, la sœur d'Alice, pas l'épouse de Marin) accoururent, en gesticulant, les bras au ciel, en sanglotant : « Jésus, Marie, Joseph ! ». Je ne peux, moi, l'athée de service, m'empêcher de sourire un tout petit peu de la situation : invoquant ainsi les noms sacrés, il se trouve qu'en même temps ils nommaient les personnes de la famille effectivement présentes (Marie) ou regrettablement absentes pour le moment (Joseph). Ils tombèrent tous dans les bras les uns des autres. Alice écrit dans son récit : « Toute ma vie je reverrai cette scène ». Alors, Laurent prit les deux filles dans ses bras, les petites nouvelles de la famille, qui découvraient d'un coup leur grande famille : un oncle, trois tantes, des grands parents, qu'elles n'avaient jamais vus ! Il en prit une sur chaque bras, puis les posa sur les lits de Mado (c'est la maman de Jean-Laurent) et de Rose qui dormaient encore car c'était un jeudi. (J'ai vérifié : c'était bien un jeudi.) C'était un soulagement pour tout le monde, car depuis quelques semaines, on entendait à la radio parler des combats qui faisaient rage en Alsace du nord, et on n'avait aucune nouvelle d'Alice et des enfants. Marie disait sans cesse, prise entre le plaisir des retrouvailles et l'angoisse de ne pas avoir encore pu réunir tout le monde autour d'elle : « S'il ne reste rien de la maison, je m'en moque, pourvu que les enfants s'en sortent. Et s'il faut choisir entre Jo et Alphonse, que ce soit le père des enfants qui rentre… » De Jo et d'Alphonse, pour l'instant, ils restaient sans nouvelles.

Marie donna aux deux petites une chose extraordinaire : du chocolat. C'était un vrai luxe en ces temps troublés. Elles n'en avaient jamais mangé. Gaby arriva d'un pas mal assuré, avec son morceau de chocolat dans la main, telle une poule devant un mégot, et elle dit de sa petite voix : « Maman, épluche-moi ça ».

Chapitre vingt-cinq

(Göttingen, 1652)

Inutile d'expliquer toutes les péripéties ni tous les rebondissements qui émaillèrent les aventures de notre cher Simplex Schnapphahn. Le lecteur se souvient sans doute que nous l'avons laissé transi de peur et de colère, après qu'il eut assisté à un massacre de paysans par un bataillon de Suédois des plus cruels. Sa vie ensuite se déroula comme une partition cacophonique interprétée par des musiciens sans génie, et peut-être même sous la direction d'un soulographe notoire ne sachant lire de la musique que la clé de sol, et peut-être la partie de grosse caisse, celle où les coups sont sourds et souvent placés là où ça fait mal. Voilà l'Histoire : un concert braillard, souvent insupportable, dirigé par un chef délirant. Ses cuivres n'avaient l'air que d'une section de cors de chasse avinés, ses cordes grinçaient de l'archet comme un essaim de guêpes mécontentes au dard menaçant ; ses bois n'étaient que dysharmonie et accents déplacés. Bref : la vie n'avait pas été tendre avec Simplex, mais l'avait mené, au fil des pages de ce pénible concert, jusqu'à la ville de Nordhausen, près du comté de Göttingen.

Il avait été pris, déguisé en femme pour des raisons qu'il serait trop long d'expliquer ici, en train de refuser les avances de deux soldats entreprenants, alors que les armées suédoises étaient en train de débouler, une fois encore, sur les plaines de Saxe-Anhalt. La déferlante nordique interrompit le procès injuste par lequel on voulait débarrasser la terre de son innocente figure.

La coutume de la terre est de recouvrir les morts, et dans cette bataille, c'était plutôt le contraire : les morts qui recouvraient la terre, au point qu'on finissait par ne plus la voir sous le monceau des cadavres qu'elle portait. Les cuirasses s'entrechoquaient dans un vacarme étourdissant, les piques volaient au hasard, se plantaient dans les chairs quand elles trouvaient un passage dans les interstices des armures ; les chevaux défendaient leurs maîtres jusqu'à des extrémités d'abnégation et de fidélité qui frisaient l'inconcevable ; et très ingrats, ces derniers paraissaient totalement indifférents à leur sort de bêtes de combat, tout occupés qu'ils étaient à tenter de sauver leur propre peau dans le carnage sanglant. Je dis sanglant, parce qu'un témoin – encore aurait-il fallu qu'il pût se promener au milieu de la tourmente sans risque d'y laisser un membre, un œil, quelque autre organe, ou sa vie toute entière – n'aurait pas su compter le nombre des membres arrachés qui jonchaient le champ de bataille. Il n'aurait pas davantage pu mesurer les quantités de sang versé par l'un et l'autre camp. On eût dit qu'en ce temps, en ce lieu, les dieux s'étaient réveillés de leur antique sommeil pour se rappeler au bon souvenir des humains, et leur dire : nous continuons, n'en déplaise à vos inventeurs de cultes monothéistes, à nous amuser de vos souffrances, à multiplier vos peines et vos blessures afin de satisfaire notre goût pour les sensations fortes et la violence arbitraire. Zeus, Héphaïstos et leurs petits amis continuaient de taper le carton autour d'une bonne bouteille d'ambroisie millésimée, au cabaret des pauvres hommes.

Dans tout cela, Simplex, sauvé du bûcher par l'arrivée impromptue des Suédois – une fois n'est pas coutume – attendait, à l'abri sous une souche opportunément laissée là par la négligence d'Hermès ou la duplicité d'Athéna, que le vacarme cessât et que les mousquets arrêtassent de cracher leur mitraille bruyante et mortelle. Ensuite de quoi il sortit de son trou, s'en alla vers Göttingen au bras d'un ou deux soldats boiteux mais survivants de l'armée du duc de Saxe-Anhalt, témoigner à la population de la bravoure des leurs, mais de leur défaite contre une armée d'invincibles vikings assoiffés de sang. Le jeune Simplex passa pour une ordonnance, un aide de camp, un infirmier militaire, et sut slalomer dans les méandres de ces confus événements, pour faire oublier son procès ainsi que les accusations de sorcellerie qui planaient sur lui.

Il avait dissimulé, dans le plus fort des pénibles combats, la bourse dans laquelle il avait celé ses 50 écus et ducats en or, qu'il comptait bien récupérer à l'occasion, lorsque l'air serait plus respirable, et que son cas aurait été quelque peu oublié par ses contemporains.

C'est là que gît l'ironie de l'Histoire. Car enfin, ces ducats d'or, enfermés dans une bourse faite de bonne bure bien solide qu'on avait cousue de fil de lin, s'y trouvent encore à l'heure où je vous fais ce récit. On aurait pu les en sortir, d'autant plus facilement qu'en 1945 la zone était particulièrement dense en population, même s'il s'agissait d'une population de passage et peu fiable : elle se renouvelait avec une grande rapidité, à cause du nombre des morts dans le camp de Dora-Mittelbau, et les locataires de l'endroit n'avaient alors que peu le loisir de partir à la chasse au trésor, eussent-ils su qu'à deux pas sous terre, se trouvait une fortune en ducat du $17^{\text{ème}}$ siècle, pour une valeur qu'on pourrait estimer de nos jours à 355 000 € environ.

Il va de soi que cette histoire est une pure invention. Je peux pourtant affirmer au lecteur sceptique qu'il trouvera un récit de combat, qui a été ici ma source, bien plus circonstancié et bien plus amusant dans *Les aventures de Simplicissimus* écrites par Grimmelshausen, aux pages 160-161 de l'édition Fayard de 1990 et traduit de l'Allemand par Jean Amsler. Ceci pour dire, résumons-nous afin de ne pas trop abuser du temps précieux de notre ami lecteur, que cela fait belle lurette que les temps sont troubles et tragiques dans ces régions, que l'humanité n'a pas vraiment l'air de progresser beaucoup quand on y pense, et même quand on y regarde de très près. « Vanitas vanitatis », comme dit l'autre, et si tu sauves ta vie, sache que tu t'en sors bien ; quant à compter des ducats dans une bourse en toile de bure, il en va comme des salaires des footballeurs ou des stars de cinéma : quelle foutaise ! Que ces foutus bâtards aillent tous rôtir en enfer !

Chapitre vingt-six.

(Saint-Léonard, 5 mai 2016)

Les retrouvailles du mois de mai 2016 chez Léger, actuellement propriété des Louvet, avaient, comme je l'ai dit plus haut, un double objectif : les ostensions, événement rare puisqu'organisé tous les sept ans ; et le pèlerinage sur un lieu « saint » de l'histoire de la famille : cette ferme qui hébergea les Nonnenmacher entre 1940 et 1946. Ainsi faire d'une pierre deux coups. Arrivés ici, il faut maintenant faire d'un coup deux pierres, si on me passe l'expression. Et reparler de ces pierres sculptées dont on sait qu'elles ont quitté la ferme limousine pour arriver à Ferrières en 1975.

Rose les a rapportées ici après les avoir achetées pour une coquette somme. D'abord, il avait été question qu'elle charge son fils Pitou de les restituer lorsqu'elle ne serait plus de ce monde. C'était un vœu testamentaire si on peut dire. Elle avait fini par se convaincre que leur place était là-bas, et non dans sa maison sur les hauteurs du lac d'Annecy. Et puis, il y eut la rencontre en 2015 avec la famille des actuels propriétaires de la ferme, qui ne fut pas seulement l'occasion de présentations de pure forme, mais vit naître une amitié profonde et authentique entre cette clique de vieux pèlerins et les nouveaux occupants de la ferme. Ces derniers découvrirent avec stupéfaction et curiosité l'histoire de leur maison, cette période de quelques années, au plus trouble du vingtième siècle, pendant laquelle la bâtisse avait été un havre de travail et un refuge pour les exilés de la famille alsacienne. L'amitié sincère qui était née là avait poussé Rose à revoir ses plans : elle rendrait les pierres de son vivant, s'en faisait une joie et un devoir. Elles devaient retourner près des murs de la grange d'où on les avait descellées en 1975. C'était leur place. Elles symboliseraient le passé du monument, et peut-être, dans la part « spirituelle » de Rose, feraient-elles de la ferme plus que ce qu'elle n'était, en lui conférant un statut de lieu saint, de cathédrale. Ces visages sculptés faisaient en effet un peu penser à des gargouilles, ou à des visages grimaçants de la période romane.

Lorsque j'arrivai en voiture avec Blanche ce 6 mai 2016, par le chemin tournant d'herbe et de caillasse couleur craie, les anciens étaient déjà arrivés depuis quelques minutes. L'année précédente j'avais raté la cérémonie municipale organisée pour commémorer l'arrestation des trois jeunes gens en novembre 1943, avec le maire en écharpe tricolore, la fanfare, les discours au micro. Cette année, je loupai de peu la cérémonie plus discrète, privée, de la restitution des pierres. On me les montra, qui trônaient dans la cheminée de la salle à manger. Elles étaient posées sur un support de métal, le même que celui qui leur servait de piédestal à Ferrières, je suppose. Elles regardaient la salle à manger de leurs immuables yeux de pierre, indifférents aux maux des femmes et des hommes, et pourtant empreint de tant de compassion. Un regard calme qui vous oblige à baisser la garde, à faire cesser l'agitation, et à oser être magnanime et tendre avec les années, les tensions, les échecs et les peines. Elles veillèrent d'ailleurs durant tout ce week-end fort agréable sur les repas conviviaux qui furent pris, sur les conversations drôles, enjouées, émues, qui accompagnèrent nos agapes.

Le foyer de cheminée où on les a installées ne sert plus. Sa seule fonction est décorative : au fond, on a installé de grosses pierres de granit sur lesquelles on fait courir des branches de lierres factices pour égayer l'ensemble. Les pierres doivent être de style roman. C'est l'impression que me donne en tout cas la forme générale plutôt en arrondi, et la facture naïve de la représentation du visage. Sur chacune devait se trouver un visage sculpté, mais l'une des deux aura été abîmée par l'érosion. Je pense qu'elle faisait une transition entre un encadrement de porte et le linteau. Sur un bâtiment religieux d'importance, on aurait peut-être appelé cela un abaque. L'un des visages semble souriant, on voit très distinctement une frange de cheveux coiffée bien régulièrement au-dessus du front. Les yeux sont marqués très nettement de deux amandes effilées l'une dans l'autre. Le nez est stylisé, assez épais, et surmonte une bouche au sourire énigmatique, avec peut-être une moustache. L'autre visage est encore plus étrange, ce qu'on distingue des traits fait penser à un visage très ancien, dans le style du premier moyen-âge, avec des yeux très simples et très rapprochés.

Maintenant, ce dieu Janus veille sur la maison de son double visage. Comme nous tous, il peut sourire ou grimacer, offrir bonne chère ou être inquiétant. Désormais, ils doivent faire office de dieux lares pour ce foyer. Jean-Jacques Louvet semble ravi de les accueillir, et Rose est sans doute émue de rendre à ces murs leur regard. Pour moi, ces pierres symbolisent plutôt la parole. Pendant près de trente années entre 1945 et 1972, nul ne les voyait dans les murs de la grange. Sans doute les avait-on volées ou récupérées dans les ruines d'un ancien bâtiment religieux, peut-être lors de la révolution. Elles avaient été utilisées pour élever les murs utiles et païens d'un local agricole, comme pour les séculariser et leur faire rendre gorge de leur prétention ecclésiastique. Leur premier silence fut celui de la déchéance. Entre 1972 et 2016, pendant 44 autres années, elles quittèrent leur patrie, et laissèrent planer sur le lieu-dit le silence douloureux de leur disparition. Mais Rose les avait prises pour qu'elles éclairassent de leur beauté sa propre maison. Parce que la ferme de Saint-Léonard fut pour elle la première maison, celle où on lui apprit les premiers mots, les premières émotions, les joies fondatrices. Et que ces pierres étaient la voix et le regard de cette première maison, qu'elle ne pouvait abandonner. Sans doute aussi devaient-elles leur exode à leur beauté. Rose aime ce qui est beau. L'art la touche. Et maintenant, de retour à la ferme, elles symbolisent la fin d'un cycle : Joseph désormais peut parler, la langue a su se délier après un long silence, la mémoire peut redevenir fluide, se transmettre à nouveau. Et leur place est donc bien là, dans le foyer dont elles raniment la flamme pour réchauffer les cœurs et les âmes des générations futures, à qui elles vont transmettre toute cette histoire.

Chapitre vingt-sept

(Olivet-Beaugency, 5-9 novembre 2016)

Le documentaire est passionnant. Sur Arte. Il croise plusieurs regards analytiques et très fouillés sur le chef-d'œuvre de Stanley Kubrick, *Shining*, avec Jack Nicholson. Nous le regardons, sur le canapé, avec Virginie. De temps à autre, nous ponctuons les interprétations qu'il propose d'une onomatopée incrédule ou sidérée. La surface visible de ce labyrinthe cinématographique est connue : les montagnes, l'hôtel, le huis-clos, les hallucinations, les meurtres, la neige, le labyrinthe.

Il faut lever les lièvres dissimulés dans le filigrane du celluloïd. S'y cacheraient un film sur les génocides, et leur répétition au cours de l'Histoire ; un film sur la Shoah ; un film sur la conquête de la lune, à laquelle, selon une tenace légende, Kubrick aurait participé en tant que metteur en scène des images diffusées en mondiovision lors de l'alunissage d'Armstrong et ses compagnons ; un film sur l'impérialisme américain ; un film où les détails sont innombrables, ironiques et subtils, machiavéliques et hypnotisants.

L'image du visage de Kubrick dans le ciel ennuagé du travelling initial ? Difficile à croire. La longueur étrange des fondus enchaînés où la mèche de cheveux d'un personnage se superpose tout d'un coup au visage de Jack, le transformant en Hitler par l'ajout d'une moustache explicite. Difficile à croire. De fumeuses interprétations au sujet du rôle du petit monsieur qui accompagne les protagonistes lors de leur arrivée à l'Hôtel et qui serait une sorte d'espion de la CIA. Pas très facile à croire non plus. Pourtant, il est deux interprétations qui me frappent tout particulièrement, car elles résonnent étrangement avec cette histoire de famille que je triture depuis quelques semaines. Il s'agit de la thèse du génocide comme horizon fantasmatique du film, et par-delà, de toute l'histoire mondiale. Et de celle selon laquelle le film serait truffé de références ou d'allusions voilées au silence imposé à Kubrick, employé par la NASA à mettre en scène les images de la conquête de la lune.

Cauchemar : les cohortes de prisonniers traînés hors de Dora et poussés sur les routes avancent, péniblement. Un à un on les abat d'une balle dans la nuque. Ils ne savent pas pourquoi ils sont là, ils ne savent pas où ils vont, ils ne savent pas s'ils vivent encore. Ils sont les morts-vivants d'un monde coupable qui s'illusionne et se voile la face. Ils sont les zombies de cette loi d'airain du cycle de l'Histoire. Toujours nous construisons notre cécité pour ne pas voir le soleil trop brillant : éternel Œdipe se crevant les yeux pour avoir vu l'aveuglante Vérité, quittant Thèbes pour s'enfoncer dans les ténèbres de son désert. Tous ensemble, poussés par cette loi incontournable, ces fantômes en sursis, ces troupes aliénées de corps blancs à rayures sont les avatars douloureux et irréels de ce que la conscience refoule, se refuse à voir et à entendre. Cette cohorte misérable de l'humanité punie. Cette cohorte nombreuse et décimée, qui se régénère sans cesse de nouveaux corps à dévorer, à consumer, de nouvelles vies à gâcher. Le voyage de retour de Joseph ressemble à ce que dit le film, par-delà le rictus caricatural du thriller : nous traînons dans les nuits de l'Histoire les fantômes de ces génocides sur lesquels sont bâtis toutes les civilisations. Les Incas construisent leurs pyramides sur des armées de sacrifiés qu'on a transpercés d'un couteau cérémonial. Les murs des cathédrales gothiques plongent leurs fondations dans les bûchers sanglants des sorcières. Rome pave ses routes de bornes effroyables, dessinant de 6000 crucifix la via Appia qui mène à Capoue. Les armées de Cortès déciment plus de 15 millions d'Aztèques. Les Etats-Unis massacrent les populations d'Indiens natifs pour installer leur puissance mondiale, au prix de dizaines de millions de victimes, et l'overlook-hotel plonge ses fondations dans un cimetière d'indiens Ahwahnees. Les Kurdes de Turquie assassinent la population arménienne de Sassoun. Puis les turcs exterminent 1,6 millions d'Arméniens. Hitler déporte et organise la destruction systématique de tous les juifs des pays qu'il occupe, soit 6 millions de victimes. Les Serbes massacrent les musulmans de Srebrenica. Au Rwanda, le génocide fait plus d'un million de morts. Il n'y a pas de répit, il n'y a pas de pause dans cette sarabande infernale. Et Joseph est un de ces hommes sacrifiés. Même revenu de la marche de la mort, il fait partie des victimes de cette plaie ouverte de l'humanité. Comme une respiration méphitique, le souffle de la camarde ne cesse de réchauffer de son haleine fétide les lignes de l'Histoire, et d'alimenter les efforts frénétiques des vivants pour masquer, oblitérer, dissimuler, nier la réalité de ces massacres. *Shining* le montre, le laisse deviner, en particulier dans les cauchemars du petit Danny, qui voit le sang couler en cascade à travers la porte fermée de l'ascenseur.

Cauchemar, suite : un petit conquistador ridicule, en combinaison blanche et argentée, descend doucement de sa capsule de quelques centaines de kilos. Il est six fois moins lourd que sur terre, ses mouvements sont gauches, il ressemble à une poupée au ralenti. Les images sont-elles filmées en direct ? Ou bien ont-elles été mises en scène de façon artificielle dans un studio et filmées par Stanley Kubrick ? Le pull tricoté du petit Danny, représentant très explicitement la fusée Apollo 11 au décollage, laisse planer un doute. Au fond, peu importe le rôle de Kubrick dans la mascarade éventuelle de l'alunissage. Il n'est pas du tout essentiel de savoir où passerait la frontière entre le vrai et le faux. De toute façon, ce qui importe, c'est de croire au récit alors qu'il n'est pas vraisemblable. Parce que toute l'Histoire n'est faite que d'une enfilade de récits qui ne sont pas vraisemblables : énormité des bilans, valeur dérisoire des vies individuelles, voilà l'Histoire dans sa belle robe couleur de chair comme cette femme nue et séduisante que Jack veut embrasser dans la chambre 237, et qui se transforme lentement en cadavre en putréfaction.

Mais pour finir, la suite dérisoire de mon petit cauchemar éveillé : je vois la cohorte des déportés aux gestes lents et maladroits remplacée par une cohorte de petits astronautes casqués, gantés, oblitérés de la bannière étoilée, marchant en titubant dans les rues de Prague, entassés de façon drôlatique dans les wagons à bestiaux, fauchés par les rafales aléatoires de mitrailleuses allemandes, plongeant vainement leur tête casquée dans des assiettes de soupe inaccessible. Et je vois, main dans la main, sur la poudreuse de leur invraisemblable décor de neige ou de poussière, dans le labyrinthe de glace de l'Overlook-Hotel ou entre les cercles dantesques de la mer de la tranquillité, Armstrong et Danny marchant à reculons, comme pour effacer leurs traces et brouiller les pistes, rendant ainsi impossible l'avènement de toute vérité.

9 novembre : les survivants viennent d'élire Donald.

Chapitre vingt-huit

(Paris-Saint-Léonard, 28 mai 1945)

A l'Hôtel Lutetia, on n'accueillait pas les déportés à bras ouverts. C'est le temps où il faut jouer le drame de la victoire, interpréter l'épopée des héros, la souligner d'une voix vibrante et profonde. C'est ce personnage-là que le général De Gaulle prend à sa charge. Il ne cessera, en ces temps troublés, de passer le coup d'éponge sur les compromissions mesquines des collabos de circonstance, sur les silences et les hypocrisies des contempteurs faciles, ceux qui tenaient les tondeuses lorsqu'il s'est agi de punir les femmes coupables d'avoir aimé l'homme du mauvais bord. Pour reconstruire la fierté de la France et l'unité nationale. L'épuration a commencé. Et les enjeux sont importants, et surtout urgents. Nul ne désire vraiment prendre le temps, trouver les mots de l'empathie ni le rythme lent d'une écoute qui permettrait à ces mots de venir, pour tenter de dire le vécu des camps. Alors, ces hordes de fantômes amaigris, à la peau grise, aux yeux hagards, dont on ne sait pas trop d'où ils arrivent, on préfère ne pas leur parler, on pointe leur retour sur de lourds registres reliés, on les réintègre dans le grand inventaire froid, et on les lâche sur les routes de France comme des coques de noix en proie aux avaries, sans voile, sans mât, sans gouvernail. On leur remet dix francs, de la main à la main, et on leur dit de retourner dans leurs familles. On voudrait imaginer des cellules psychologiques, des couvertures de survie, des grogs réconfortants. Mais rien de cela en 1945. Le temps est à se retrouver, mais surtout à oublier ce que certains ont fait, ce que d'autres n'ont pas fait.

Alors Joseph monte dans ce train à la gare d'Austerlitz. Peut-être le même que celui qui a déposé Alice et ses deux filles sur les quais de la gare de Limoges 4 mois plus tôt. Il serre entre ses doigts, au fond de sa poche, le billet de 10 francs qu'on vient de lui donner, en souriant ironiquement de l'étrangeté d'être soudain en possession d'un bout de papier grâce auquel il peut s'acheter du pain, à boire, quelques douceurs. Quelques trophées volés aux vaincus : les jumelles, une paire de bottes en cuir, deux ou trois montres nazies. Mais ces objets lui semblent un peu dérisoires. Il a surtout rempli son bissac de vivres. Et il pose sur la nourriture un regard jaloux et méfiant. En Suisse, on les a « gâtés », leur offrant des bonbons, du chocolat, des biscuits : Jo en a rempli jusqu'à la gueule le sac sur lequel il dort sans fermer l'œil. Dans le compartiment, ses yeux se baladent, mobiles et soupçonneux, de visage en visage, cherchant derrière les physionomies indifférentes, les traces d'une rouerie possible, les signes avant-coureurs d'un vol ou d'un coup bas. Il est programmé par la vie au camp ; il faut survivre, et l'heure suivante n'est jamais sûre. Aussi, son sommeil est-il très léger. Les soubresauts du train viennent heureusement l'aider dans sa lutte contre Morphée : la banquette de bois du wagon de troisième classe est tellement confortable comparée aux lits à 3 étages du bloc N 09 où on dormait à trois, tête bèche, que les secousses infligées au convoi par les irrégularités du rail sont les bienvenues : elles permettent de maintenir une surveillance de tous les instants sur le trésor vital qu'on couve et qu'on serre entre ses deux bras. Les camarades de voyage ne lui parlent pas : il les intimide avec ses joues émaciées, ses yeux exorbités et mobiles, ses lèvres fines, sa veste trop large et le tic incessant de ses mouvements de jambes.

C'est la même indifférence qui l'attend sur les quais de la gare de Limoges. Il trouve un autre train, pour Saint-Léonard, dans lequel il monte. Et une fois arrivé dans la ville quittée 18 mois auparavant, les images redeviennent familières : la gare, la route en périphérie, la montée vers le centre-ville, puis la redescente vers le chemin du tard, dans le creux du vallon, avant de repartir à l'assaut de la dernière montée vers la ferme. Ce relief éprouvant pour le corps, Joseph le fait peut-être dans l'excitation anticipée des retrouvailles, mais peut-être aussi dans l'anxiété d'être accueilli avec gêne, ou par des questions auxquelles il a peur de répondre. Joseph, au fond, craint qu'on ne le croie pas. Est-ce pendant ces quelques kilomètres qu'il décide de se taire ? En avait-il déjà depuis longtemps acquis la certitude ? Cela se fait-il sans qu'il s'en rende compte ? D'abord parce que les mots sont impossibles, puis parce qu'ils deviendront vite superflus, et qu'ensuite ils ne lui serviront pas pour avancer, recommencer la vie, repartir sur le chemin des semaines, des mois, des années de projets, de mariage, de métiers, de possibles ? Toujours est-il qu'il arrive à la ferme avec son frère Laurent qui le prend dans ses bras, que les retrouvailles sont pleines d'émotion, d'effusions et de larmes. Sa mère, Marie, est alors en Alsace, mais il peut embrasser ses sœurs qui sont là, Mado, Joséphine, la petite Rose qui a bien grandi.

Mais il est vite rattrapé par ses démons : il se terre dans la chambre, reste longuement assis sur le plancher, serrant son sac qu'il ne veut pas qu'on touche, comme un animal blessé. Il préfère l'obscurité à la lumière, la solitude à la chaleur du foyer, la frugalité aux repas partagés. Il lui faut d'abord quelques semaines pour ravaler bien profondément tous les mots et les histoires qu'il va garder en lui. C'est une indigestion qui lui coûte ; il faut ravaler son honneur, écouter les autres se plaindre des privations subies, taire les phrases de colère qui veulent sortir parfois, pour sauter au visage de ces petits bourgeois gâtés du malheur : il faut faire rendre gorge à ces cris d'injustice qui se pressent parfois, si nombreux au bord de ses lèvres qu'il croit une ou deux fois que le serment secret du silence sera rompu.

Mais il tient : les jours passent sur ses plaies leur baume réconfortant de carapace. Il tient bon. Les sourires passent par-dessus les instants de désespoir, il faut revenir à la vie, sortir des limbes en claudiquant, faire mine de s'en être tiré. Il faut pousser le tunnel de Dora au fond de la gueule du canon, plier en quatre le pyjama à rayures, oublier le numéro 38 730, l'odeur âcre du silice blanc, de la pisse, il faut oublier les corps des pendus au gibet de la place d'appel, les crânes fracassés par les balles des mitrailleuses, la montagne de morts. Il faut avancer pour ne pas sombrer, se taire pour ne pas crier, recommencer pour ne pas en finir. C'est ce que fait Joseph, et il ne le sait pas alors, mais il en prend pour 55 années de secret, de silence, de cauchemars sans partage.

Chapitre vingt-neuf

(Saint-Sauves d'Auvergne, 18 novembre 2016)

Sur l'autoroute, comme souvent lorsque je descends pour la journée en Auvergne, il n'y a pas beaucoup de circulation. Je quitte la ville pour la campagne. J'aime les paysages de cet itinéraire, car malgré l'autoroute, ce n'est pas monotone. On voit très bien passer les différentes régions : la forêt solognote, puis la campagne douce du Berry ; et les vallons plus accentués de la forêt de Tronçais puis des Combrailles. Enfin, c'est toujours comme une mise en scène grandiose de voir se dessiner au loin la chaîne des Puys, d'apercevoir la ligne de crête du Livradois et du Forez. Surtout, lorsqu'on se trouve au niveau de l'aire de repos des volcans d'Auvergne, et qu'on bascule dans le panorama : le passage au sommet nous révèle la chaîne des puys sur la droite, dominée par le Puy de Dôme et son sommet double. Ensuite, on bifurque vers la direction de Bordeaux, le grand contournement par l'Ouest en grimpant en altitude. Là, le paysage est grandiose, quel que soit le temps. Je dirais même que plus la météo est tourmentée, plus ça me plaît.

Mais ce jour-là, quelque chose me chiffonne : Alain Souchon et Laurent Voulzy sont les invités d'Augustin Trapenard sur France Inter. Ils sont là avec leurs idées gentilles et leur discours bonhomme. Ils ont leur sempiternel esprit d'adolescents gâtés que rien n'a révolté, ou alors si peu. C'est agréable à écouter. Mais tout de même, il y a quelque chose d'étrange à les entendre chanter, maladroitement, au son de la guitare sèche de Voulzy, « Ah le petit vin blanc » de Jean Dréjac. Voulzy laisse entendre à demi-mot que la nuit précédente, il s'est levé très tôt pour réviser ce thème, l'apprendre à la guitare. Il lui manque quand même un ou deux accords vers le milieu. Quant à Souchon, il est venu les mains dans les poches, à l'improvisation, et il se contente de placer la seconde voix comme il peut, s'excusant pour le timbre éraillé du matin. Ils font l'actualité avec la sortie de leur DVD ou CD live, qui est l'aboutissement logique – rentabilité oblige – de leur longue tournée de l'an passé. Pas de vague, pas de discours, rien qui dépasse ou qui accroche. C'est lisse et sympathique. Parce que Souchon et Voulzy, c'est là qu'ils sont forts, c'est vraiment séduisant, et en même temps très sage. Alors on a envie de les écouter, d'acheter leur CD pour l'offrir à Noël : c'est la douce petite berceuse des marronniers de fin d'année ; le cadeau idéal pour une sœur, une tante, un gendre, une belle-mère. Et pourtant, je tousse un tout petit peu en dedans. Dréjac, si on s'amuse à l'anagramme, ça ferait bien « DJ réac » en poussant un peu. Bon, va-t-on lui reprocher, à ce monsieur, d'avoir écrit cette chanson à boire bien innocente, vantant les plaisirs simples de la vie du bord de Marne, en pleine année 1943, précisément l'année où on arrêtait Joseph Nonnenmacher ? Non, on ne le lui reprochera pas. On ne peut pas reprocher à ceux qui en avait le loisir, d'être allés « gambiller musette » au bord de l'eau quand d'autres malchanceux quittaient Compiègne pour Buchenwald en wagon à bestiaux.

Je ne peux m'empêcher de me dire que nous vivons une drôle d'époque. Les plus malins, ou les plus chanceux, réussissent à faire des fortunes en dilapidant le patrimoine : ici c'est la musique, ces vieux tubes intemporels de l'art de vivre à la française ; ailleurs, c'est le pétrole, cet or noir fabriqué pendant des millénaires silencieux de sédimentation sous-marine, que nous aurons brûlé jusqu'à la dernière goutte en 250 ans ; ailleurs encore c'est le sable des rivières, exploité pour faire du béton ; les terres rares transformées en silice pour nos puces numériques… bref. Nous sommes vraiment de sales gamins, sans aucun scrupule, purement irresponsables. Et pendant que les malins s'en tirent en se faisant de tout cela une vie enviable et confortable, la plupart des autres sont les victimes collatérales : mondialisation, consumérisme, et frustration. Ce bonheur factice des nantis, des vedettes, eux n'y toucheront pas, et ne sauront pas se convaincre qu'il est possible d'être heureux malgré tout.

J'arrive ensuite à la ferme. Et je suis saisi, parce que la maison n'est plus aveugle. Elle a un regard multiple : on vient de poser les menuiseries extérieures. Les fenêtres offrent maintenant les surfaces lisses de leurs reflets au paysage, qui s'y mire et y brille. J'aime ça.

Thierry pose les rails pour faire les cloisons ; Frédéric installe les tuyaux pour le système de chauffage ; Sylvain se balade, plan en main, et note les détails à vérifier, les choses à modifier (évacuation d'eau, passage d'escalier, hauteur de seuil pour les ouvertures…) ; Samuel reste emmitouflé, les mains dans les poches, satisfait de la pose des fenêtres ; Roland s'inquiète de la quantité de choses à faire au niveau de la plomberie, parce que son agenda est déjà bien rempli, et qu'il n'aime pas faire le boulot de travers. On sent chez lui le scrupule des choses bien faites. Dans l'obscurité de l'étable, en plein gravas, on trouvera le temps de parler musique : il joue de l'accordéon et du piano, et promet de venir au gîte si j'y organise, comme je le lui explique, des semaines artistiques. Ces gens-là ne sont pas des vedettes, mais j'aime leur humour calleux comme des mains de travailleurs, j'aime la rudesse tendre de leurs grognements devant la tâche.

Avant de repartir le soir pour la route du retour, je croque une des dernières pommes laissée indemne par le passage des engins de chantier, nous prenons un chocolat chaud à l'hôtel restaurant de la Poste. « Bonjour à vot'femme », dis-je en serrant la main de Sylvain. Et je songe, en redescendant dans la vallée, que si 1943 a pu être l'année de la déportation de Joseph comme celle de la création de « Ah le petit vin blanc », alors, c'est qu'il faut être endurant dans la philosophie, et expert en sagesse humaine. Au retour, France Culture propose un débat sur l'avenir de la mondialisation, sur la renationalisation des sociétés. Moi, je crois que je suis en voie de relocalisation. La terre était lourde devant la ferme, Yvette m'a fait du veau délicieux, qu'elle cherche chez un pépé du coin qui le tue encore lui-même ; pour les panneaux solaires, Philippe a appelé un ami qui travaille dans la branche, pas très loin vers la Roche-Blanche ; et j'ai oublié de prendre un chou du jardin en repartant.

Chapitre trente.

(Aix en Provence, septembre 2010)

Deux sons. Le premier relevé de l'archive sonore recueillie par Marie, ma sœur, auprès de Joseph en 2010 ; l'autre pris sur la bande sonore d'un documentaire sur les armes d'Hitler pendant la guerre, et en particulier les V1 et V2 construits au camp de Dora. La petite et la grande histoire autour de la même table.

« Marie : Et donc c'était ça ma question tout à l'heure, est-ce qu'y a quelqu'un que t'as connu, qui a, qui est rest…, qui est rentré à peu près en même temps que toi et qui est sorti avec toi ? ou personne ?
-Jo : Euh… oui euh. (…) Pas tout à fait, et, ils sont arrivés, moi j'suis arrivé au mois de (…) novembre, décembre, et d'autres qui arrivaient au mois de février-mars qui avaient les num…, moi j'avais le numéro 38 000
-Marie : mmm,
-Jo : et ceux qui sont arrivés plus tard avaient le numéro 43000 – 44000, et y avait (raclement de gorge) le, le gars qui, avec qui j'ai vécu jusqu'à la fin là, qui

était de, de ce numéro. J'avais connu mon « papa » de, de, de, Darbonnet

-Marie : Qu'est-ce que c'est que ça ?

-Jo : (…) ts (rire étouffé)

-Marie : ton papa, c'est-à-dire, euh, quelqu'un qui te soutenait, là-bas ?

-Jo : hhhhh, (…) oui, (d'une voix sourde, presque murmurée) faut que j'a…, faut que j'arrête.

-Marie : (empathique et émue) mmoui… (long silence) Tu veux pas un verre d'eau, j'vais chercher de l'eau.

-Jo (même voix étouffée, dans la gorge) : non, non, c'est pas ça. (râclement de gorge) (…) Je l'appelais mon « papa » parce que, euh, je couchais avec lui

-Marie : mm

-Jo : et il avait eu un fils de mon âge.

-Marie : Ah oui.

-Jo : il avait un an de plus que moi, et ce fils, il est parti dans le maquis, et ils ont arrêté le père, qui s'appelait Julien Darbonnet, et qui est revenu (..) après la guerre

-Marie : d'accord.

-Jo : et que j'étais voir plusieurs fois chez lui, tu vois (voix un peu chevrotante par moment, reniflement) et il y avait le tonton, un gars de Lyon qui avait à peu près son âge à lui, que j'appelais mon « tonton »

-Marie : D'accord.

-Jo : donc, ils me considèrent un peu comme leur gamin, quoi

-Marie : mm

-Jo : M'enfin (..) je vivais à part ; ils mangeaient ce qu'ils avaient, et moi je mangeais c'que j'avais, quoi.

-Marie : tu veux, dire … c'étaient des gens qui étaient avec toi dans le camp ?

-Jo : dans le camp oui, et qui travaillaient dans le même Kommando que moi.

-Marie : mm

-Jo : c'est comme ça que je les ai connus, ils étaient dans le même Kommando que moi, et on était dans le même bloc.

-Marie : oui.

-Jo : le bloc, c'était le bâtiment, quoi (reniflement). Et ce, ce, ce Julien, euh, il a survécu et je l'ai revu après la guerre chez lui.

-Marie : d'accord.

-Jo : Et son fils est mort – parce qu'il est allé dans le maquis, il, il a attrapé une maladie. Son fils est mort, euh, assez jeune quoi, même avant le père, tu vois ?

-Marie :mm.

-Jo : et le père, il était venu une fois ici, au Puy, en, en voyage, tu vois ?

-Marie : mm. »

(....)

Le second son, relevé de la bande sonore du documentaire intitulé « les armes d'Hitler » : il faut imaginer la voix posée et grave du narrateur.

« Hitler décide de confier la construction des armes nouvelles à la SS. Kammler a désormais les pleins pouvoirs. Lorsqu'il a visité l'usine souterraine où on fabrique les fusées, ce dernier a constaté le délabrement physique des détenus. Pour ne pas compromettre la productivité, il ordonne d'améliorer la nourriture et d'accélérer la construction d'un camp extérieur. (à partir de l'évocation du camp de Dora, la bande son comporte aussi un bruitage : on entend un souffle de vent froid et lugubre, de plus en plus présent dans l'arrière-fond sonore) Baptisé Dora, celui-ci est achevé au printemps 1944. 32 000 hommes travaillent à Dora, sous la garde des SS. Des prisonniers russes et polonais, des déportés français, belges, tchécoslovaques, des prisonniers politiques allemands. « (Nouvelle voix, celle de l'acteur Mickael Lonsdale. Dès que commence cette citation extraite du témoignage de Jean Mialet ou de celui de Marcel Petit, deux rescapés de Dora, les images qu'on voit représentent les dessins faits par Léon Delarbre en captivité à Dora). Très lentement, car je ne puis faire autrement, tant la fatigue m'anéantit, je m'habille. Pour tout, je suis devenu lent, sauf pour ressentir la souffrance. La faim déjà me torture : il est cinq heures et demie du matin, et à deux heures de l'après-midi seulement, on touchera à la soupe. Le froid va venir, les coups, le travail ; tout, quoi. Et demain apportera la même chaîne de tortures. Et après-demain, et le lendemain d'après-demain, et tous les jours des mois à venir. Des plaies suppurent par tout le corps, il n'y a pas moyen de se laver. L'eau manque dans le tunnel. D'ailleurs quand on en trouve un peu, il ne faut pas la boire. Si l'on succombe, on accroît la dysenterie qui vous tord les boyaux ; nous avons toujours soif ; le travail ne s'arrête jamais sous la terre du Hartz. 24 heures sur 24, l'activité demeure démoniaque dans le monde souterrain de Dora. »

La mémoire est remplie de voix qui nous hantent. Leur timbre, leur prosodie, les gorges vivantes d'où elles sortent se referment toujours, à jamais. Il ne reste que les traductions éphémères, les récits, les documentaires, les livres. Car les poitrines arrêtent de se soulever, les cœurs cessent de battre et la vie s'en va. Et tout recommence.

Chapitre trente-et-un

(Saint-Léonard – Schiltigheim, avril 1945)

Alice était donc arrivée à Saint-Léonard, et elle avait pu prendre là un peu de repos, et trouver dans ses sœurs, sa mère, son frère Laurent et les autres, aide et réconfort. Mais Alice n'est pas femme à se morfondre ou à se laisser aller. Elle ne veut pas rester là sans rien faire, alors qu'elle n'a pas de nouvelles d'Alphonse depuis des mois. La guerre est sur le point de s'achever ; les premiers démobilisés rentrent du front. C'est le cas d'Henri, le futur de Marie-Thérèse, la sœur de Laurent, Joséphine, Alice, Mado, Joseph, Fernand, Robert. Grande famille déplacée, réfugiée chez Léger. Mais je n'ai pas accès facilement à tous les pans de l'histoire. Fernand est mort à Saint-Léonard, on s'en souvient, d'une méningite, à 15 ans. Alice était restée en Alsace. Joseph a été déporté. Et tous les autres faisaient partie de cette arche de Noé du Limousin. Est-ce que Marie-Thérèse - que nous appelions Mick, et que j'ai toujours connue veuve et mère courage ayant élevé seule ses combien d'enfants, car Henri mourut d'une hépatite dans les années 50 -

était aussi là-bas ? Oui. Toujours est-il qu'Henri revient en Haute-Vienne au mois d'avril, et qu'il tient à rentrer en Alsace le plus vite possible. Et Alice, qui n'en peut plus de ne pas savoir, ni pour la maison, ni pour Alphonse, son jeune époux, avec son courage et sa témérité, décide de partir avec lui : « Là où tu passeras, je passerai aussi. » Commence alors une sorte de « grande vadrouille » familiale. En tout cas, dans le récit que ma grand-mère en a laissé par écrit, c'est un épisode qui tient en 2 pages, mais qui pourrait bien être l'argument d'une jolie comédie d'aventures. Elle souligne assez bien dans son récit les situations cocasses, les moments d'anxiété et de danger, les épisodes de courage et de drôlerie. Je ne sais pas si ce sont les faits qui étaient vraiment de cette nature, ou si ce n'est pas plutôt son récit qui les a rendus tels. Lorsque je relis, c'est tout elle que je retrouve, avec son rire communicatif et tellement humain, ses mains ridées de grand-mère gâteau, sa canne (elle avait eu à la fin de sa vie un accident vasculaire qui l'avait diminuée), sa larme facile et ses blagues en alsacien.

Henri, à peine arrivé à Saint-Léonard, veut repartir : c'est un homme de tête et d'initiative. Il s'agit de ne pas laisser trop longtemps la maison de Drusenheim aux pillards. Assez perdu son temps. Alors il décide d'y aller. Coûte que coûte. Alice l'accompagnera donc. Car elle veut absolument retrouver Alphonse. Ils montent dans le train pour

Paris d'abord. Puis filent gare de l'Est, et prennent un train pour Lunéville. Un train bondé, rempli d'une population bigarrée et sommaire, des gens vêtus de peu, en haillons, mais aux visages optimistes, car les nouvelles sont de plus en plus encourageantes.

« Alice, je crois qu'il y a un contrôleur qui arrive, va vite te cacher dans les toilettes ! Tu n'as pas de laisser-passer !

-Oui. J'y vais, tu viendras frapper à la porte quand je pourrai sortir. »

Et j'imagine Alice sur les toilettes, où elle se sera vraiment assise, aussi bien pour rendre plus crédible son excuse éventuelle, au cas où les policiers lui demanderaient effectivement ses papiers, que parce qu'il y a toujours un petit côté casuiste chez les catholiques. Si elle est vraiment assise aux toilettes pendant que passe la maréchaussée, ce n'est pas réellement un délit qu'elle aura commis. Elle s'arrange un peu avec la réalité. Elle sent le froid de la voie qui remonte sur ses cuisses, par le fond du trou des toilettes, où elle voit défiler les traverses et le remblai. Elle dresse l'oreille, et attend le coup d'Henri sur la porte pour sortir de sa cachette. Elle ne peut s'empêcher de le prendre pudiquement dans ses bras, pour trouver un peu de réconfort après ce moment de stress. A Lunéville, il règne aux alentours de la gare une grande agitation. Les armées alliées arrivent dans la région, et il reste des poches de résistance à réduire.

Les jeeps, les convois militaires avec des véhicules frappés de l'étoile US, circulent en tous sens. Alice voit pour la première fois de jeunes soldats américains noirs, mâchant du chewing-gum, fumant des Lucky Strike, jouant de l'harmonica. Je sais, c'est un peu cliché, mais j'imagine que ça devait un peu ressembler à ça. Les soldats se dirigeaient vers la frontière, du côté de Haguenau, et leur chemin rapprochait Alice et Henri de leur destination. Heureusement, ce dernier parlait anglais :

« Please, Mister, where are you going ?

-We're going to the border. There are still fights on this area. You shouldn't go there, 'could be dangerous ;

-I know, but we want to go back to our home.

-Ok. I understand. « Mademoiselle », give me your hand, we'll take you both with us. Climb on the truck please ! »

Et voilà notre couple improbable en route pour l'Alsace dans un camion de soldats noirs américains. Le convoi se dirigeait vers Haguenau, où régnait le couvre-feu. Ce n'était que désordre et chaos. Ils trouvèrent enfin un petit hôtel très endommagé par les bombardements, mais dont les gérants furent accueillants : ils acceptèrent de les héberger, malgré le danger et l'état du bâtiment. On leur indiqua une chambre, à l'étage, sous les toits. Alice entra dans cette pièce avec appréhension, parce que les lattes de bois du parquet sommaire grinçaient, certaines étaient soulevées ou manquantes. Au milieu trônait un seul lit. Et on avait beau être en pleine guerre, Alice n'en avait pas moins sa pudeur : il allait falloir partager le lit avec Henri. Cela plantait un coin d'embarras dans sa conscience morale ; mais enfin, la fatigue allait bien les terrasser et ferait taire sans coup férir toute ambiguïté. Le décor était complété par une série de bassines qui étaient disposées à droite et à gauche pour récupérer l'eau de pluie qui s'infiltrait par le toit, que les combats et les bombardements avaient rendu perméable. Alice et Henri firent une toilette sommaire dans cette eau de pluie. Elle ne put s'empêcher de goûter avec plaisir la sensation de fraîcheur et de propreté que cela lui donnait. La transpiration dans le train bondé, la quête anxieuse d'un lieu pour dormir, les chaos de la route dans le camion américain, le silence pesant au milieu des soldats en route pour le front, tout cela avait accentué encore la tension. L'eau rassérénait, était un baume calmant. Comme prévu, le sommeil ne tarda pas et tous deux s'endormirent sans que la situation ne soulève la moindre gêne, dieu soit loué. Mais à peine avaient-ils abandonné aux doux bras de Morphée leur sort de naufragés qu'une sirène se mit à retentir dans la nuit, annonçant une attaque aérienne imminente. Tout le monde était invité à descendre s'abriter à la cave. Les propriétaires firent rapidement le tour de toutes les chambres afin d'avertir leurs hôtes et de les guider vers l'escalier qui menait au sous-sol. Alice s'empressa de les suivre : elle n'avait pas échappé à tout ça, fait toute cette route avec ses filles dans la charrette, pour périr bêtement sous une bombe perdue dans cet hôtel branlant du Nord des Vosges. Mais Henri, trop las du voyage, et encore embrouillé dans son premier sommeil, préféra rester dans ce lit, affirmant d'une voix mal articulée qu'il ne risquait rien et qu'il resterait couché ici. En bas, quelqu'un qui avait vu entrer les deux jeunes gens dans l'hôtel et les avait pris pour un couple, dit à Alice : « Et votre mari, il ne vient pas ? » Alice avait d'abord voulu corriger l'erreur, mais avait fini par laisser son honneur et sa pudeur dans sa poche, trop lasse à l'idée des longues explications qu'elle allait devoir donner. Elle se contenta de cette courte réplique : « il n'a pas peur, lui ! »

Elle en avait vu d'autres, des caves : une en particulier lui revint en mémoire, avec des betteraves dans un coin, une lueur de bougie, et les gémissements d'une femme en couches. Elle ferma les yeux, et murmura une prière le temps que dura l'alerte aérienne. De là, le lendemain, ils firent de l'auto-stop pour rallier Schiltigheim où ils avaient de la famille. Alice se rendit ensuite à Drusenheim à moto grâce à son oncle Hubert. Et là, stupeur : la maison était devenue une véritable arche de Noé. A chaque fenêtre un autre visage inconnu apparaissait, donnant l'impression qu'il était chez lui. Une cohorte de réfugiés, les gens dont les habitations avaient dû être détruites sous les bombes, avait emménagé dans l'une des seules maisons restées debout. Alice, à ce spectacle navrant, n'eut pas le courage d'entrer. Que faire ? De toute façon, elle n'allait pas jeter tous ces gens dehors, alors qu'ils n'avaient pas d'abri. Elle retourna donc à Schiltigheim.

Le matin du 31 mai, un voisin venait de rentrer du front, et comme elle se plaignait que ce ne fût toujours pas Alphonse, elle l'entendit lui répondre : « Ne t'inquiète pas, tu le verras encore cette semaine ». Elle lui répondit ironiquement que s'il voulait arriver avant la fin de la semaine, il avait intérêt de se dépêcher car on était déjà samedi. L'homme n'avait pas proféré cette phrase par hasard : il était arrivé le matin même par le convoi dans lequel se trouvait aussi Alphonse, mais il préféra lui laisser la surprise. Elle alla donc à l'église où avait lieu la dernière cérémonie du mois de Marie. La femme de ménage était en train de laver l'entrée à grande eau à l'aide d'une serpillère, et Alice ne voulait pas la déranger. Elle préférait attendre qu'elle finisse. Mais curieusement, la jeune femme, avec des airs un peu étranges, insistait pour qu'elle entre quand même, sans prendre garde au sol mouillé. Alice s'avança. Elle entra doucement dans la cuisine. Sur une chaise se trouvait une vareuse qu'elle ne connaissait pas. En coton, bleue. Il y avait un couvert à table.

« Mais… Qui est là ? »

Et soudain, le visage souriant d'Alphonse. Là, juste devant elle : le souffle de sa respiration autour de son propre visage à elle ; la chaleur de ses mains sur ses joues, les rires d'exultation, des cris de joie. Et la chaleur des lèvres dans le baiser des retrouvailles. Ces mois passés à ne pas savoir, à s'inquiéter des nouvelles lamentables du front, à se demander si son homme ferait partie des victimes, de la longue liste macabre qui grossirait les monuments aux morts, ou si au contraire il reviendrait, vivant, blessé peut-être ? Ces nuits à se morfondre, avec leurs deux filles, sans savoir si elles auraient un père qui les élèverait. Ces cauchemars qui la réveillaient en sueur, ces tâches harassantes à effectuer sans aide et avec si peu d'espoir. Tout cela fut balayé en un clin d'œil par le bonheur de serrer enfin dans ses bras l'être qu'on attendait, l'homme qui manquait, qu'on aimait. « Il n'y a pas de mots pour dire cette émotion. »

Alphonse avait été mobilisé lorsque l'Allemagne avait eu besoin de toutes les forces vives du Reich en 1944, et il devait son salut aux paniers d'osier qu'il fabriquait et dans lesquels on entassait des grenades pour les combats, et aux cigarettes qu'il ne fumait pas, et qu'il donna souvent à l'un de ses supérieurs, qui en échange le préserva un peu.

Chapitre trente-deux

(Aix-en-Provence, septembre 2010)

« Marie : (…) mais déjà au début, vous ne vouliez pas en parler alors que même euh (*Jo la coupe*)

Jo : mais, on voulait pas en parler…

Marie : alors que même, euh…

Jo : …j'te dis (*la voix est insistante, et presque un peu fâchée*) les gens ne croyaient pas, quand on leur disait c'qu'on a, qu'est-ce qu'on a souffert, nous, c'est, c'est, c'est, c'est c'qu'on te répondait. (…) Ils avaient faim pendant la guerre ; c'est sûr qu'y en a qui avaient faim pendant la guerre

Marie : mmm

Jo : ceux qui vivaient dans la (..) en ville. Nous à la campagne, à, à la ferme, on, on souffrait pas de faim, bon, on (... ?) de certains trucs, mais bon, on vivait quoi.

Marie : parce que t'as essayé alors quand même d'en parler ?

Jo : Comment ?

Marie : t'avais essayé de, d'en, d'en… ?

Jo : oui, mais c'était pas la peine, les gens ne te croyaient pas.

Marie : ouais. Bien sûr, en plus c'est tellement extrême.

Jo : Et puis, euh..

Marie : tellement, euh..

Jo : on était presque, euh, presque mal vus, d'être revenus, quoi.

(*silence*)

Marie : *(incrédule, la voix retenue)* pourquoi ?

Jo (*insistant*) Si ! (..) si, si, si.

Marie : mal vus d'être revenus ?

Jo : oui !

Marie : (*n'en revenant pas*) Mais pourquoi ?

Jo : Mais parce que les gens, ils trouvaient que ; on revenait des camps ; il aurait fallu qu'on y reste, quoi.

Marie : mais tu parles des gens en France, des français ?

Jo : oui, oui, oui, oui, oui.

(*silence*)

Jo : oui, oui !

Marie : Mais comment c'est possible ?

Jo : On n'était pas les bienvenus, hein, après la guerre.

Marie : parce que vous arriviez avec tellement d'horreurs à raconter, ou ?

Jo : eh oui, oui, oui, parce que…

Marie : c'était la réalité qu'les gens avaient pas envie de voir, en fait ?

Jo : les gens ne voulaient pas l'entendre. Encore, le croire, c'est pas la peine d'en parler, mais ils voulaient pas entendre parler qu'on était plus malheureux qu'eux. (…) Voilà.

Marie : mm

Jo : parce que c'est les gens qui ont vécu la guerre (..) et ils étaient malheureux. C'est sûr que les gens, ils n'mangeaient pas à leur faim, c'est sûr. Mais, mais nous, on crevait de faim, c'est pas pareil ! »

Lecteur, si tu m'en crois, gardons les yeux ouverts. C'est moi ou il y a des courants d'air ? J'ai cru sentir le vent d'un boulet vieux de quatre siècles.

Epilogue

(Partout, toujours)

Fernand est le fantôme de toute cette histoire. Ou bien l'ange qui s'y cache du début à la fin. Fernand est le fils disparu de cette guerre. Mais paradoxalement il n'est mort ni au front, ni en déportation, ni dans le maquis. Il est parti à 15 ans, à Saint-Léonard, pendant l'exil limousin. C'était le frère croyant, le jeune sage si doux que tout le monde aimait. Ici ou là, son prénom apparaît dans la liste des enfants d'Alfred et Marie, parmi tous les échoués de Saint-Léonard. En 2013, lorsque j'avais retrouvé toute la famille en visite là-bas pour les commémorations de la déportation des frères Dessagne et de Joseph, nous avions fait un tour dans le cimetière du village ; il domine le pays, et c'est depuis ce promontoire qu'on m'avait montré la ferme « chez Léger », où la veille avait eu lieu ce fameux dîner avec la famille Louvet, l'amorce de ce rapprochement amical. Cette promenade parmi les tombes avait alors été l'occasion de se recueillir devant les croix à la mémoire des habitants de Drusenheim morts pendant leur exil ici, et aussi d'évoquer le souvenir de ce fameux Fernand, disparu trop tôt, et, tout compte fait, seule victime de la guerre dans la famille Nonnenmacher.

Il était mort d'une méningite. Et son corps avait d'abord transité plus de trois ans dans le cimetière de Saint-Léonard, pour être ensuite rapporté en terre alsacienne. L'idée de cette âme transhumante m'amuse et m'émeut. Elle m'amuse parce qu'il y a quelque chose de cocasse dans l'idée du mort sans domicile fixe. J'imagine cette figure translucide, silencieuse, regardant avec bonhomie les vivants qu'il a laissés, les toisant avec bienveillance, depuis ses limbes incertaines, attendant tranquillement que tout ce petit monde cesse enfin de se mortifier, de se lacérer corps et âme, de voyager ici et là à la recherche de la tranquillité et de la sérénité. Elle m'émeut parce que Fernand était jeune, adolescent, qu'il avait une personnalité très forte, et très lumineuse : il était croyant, avait une spiritualité puissante et profonde, qui impressionnait les gens autour de lui, y compris les adultes. Il était en contact avec les prêtres du village et projetait sans doute d'embrasser la carrière ecclésiastique. Cette mort précoce, cela dut être comme le symbole tragique de toute cette époque : un cri, une déchirure disant la méchanceté des hommes, un abandon du Bien, un avertissement et un appel à faire mieux, à changer la vie, à revoir la copie de l'Humanité. Fernand était parti pour rester intact à jamais, pour ne pas devoir subir le monde terrible que voulaient les hommes, pour n'être ni soldat, ni déporté, ni complice d'aucun crime ; et pour rester toujours en surplomb, comme un dieu tutélaire, en équilibre entre l'enfance, sa légère insouciance, et l'âge adulte et sa nécessaire désillusion.

Fernand plane sur ce récit comme un ange, une sirène, un daimon : la première chose que fit Joseph après son retour de Buchenwald, ce fut d'aller rendre hommage à son frère disparu, en se recueillant au cimetière. Puis Marie-Thérèse donna ce prénom à son troisième fils. Et Alice, lorsqu'elle eut enfin un garçon, après Marie-Louise et Gaby, le prénomma Fernand. Ainsi son nom multiplié et rendu à la vie existait à nouveau.

Je me souviens qu'une fois ou deux, Alice, en me racontant l'histoire de cette période un peu folle, à la fin des années 1990, n'avait pu aller au bout de ses phrases lorsqu'elle avait entrepris de me parler de lui. Les mots restaient coincés dans sa gorge et les larmes. Je comprenais que c'était une figure essentielle, sans comprendre vraiment pourquoi. C'est étrange de découvrir ici, à la fin de l'effort pour donner une forme à ce croisement de destins, qu'il en est comme la clé de voûte absente. J'ai dit à Gaby et à Rose que j'achevais mon travail, et ma mère se fait messagère de tante Rose, ce matin au téléphone, pour me demander de faire un chapitre sur lui. Tout d'un coup reviennent à l'esprit sa figure, son visage, son dernier soupir.

C'était dans une des chambres à l'étage de la ferme « Chez Léger ». Fernand était entré depuis quelques heures dans les convulsions de la fièvre extrême. Tout le monde auprès de lui se tenait silencieux ; Marie lui épongeait le front avec un linge humide. Sa respiration était pénible, mais dès qu'il retrouvait une once de lucidité, il s'en servait pour rassurer ses proches, leur dire qu'il était heureux de partir rejoindre son Seigneur. Et lorsqu'après une longue agonie, sa poitrine se souleva pour la dernière fois, Marie poussa un cri pathétique et tomba inconsciente pendant quelques instants. Je sais, lecteur, que ce récit ressemble à un tableau de Greuze ou à une autre scène édifiante qui pourrait être sortie tout droit d'un bréviaire, mais je suis persuadé que cela se déroula ainsi. Par la suite, dans les prières qui furent pensées ou prononcées dans les bouches éperdues des naufragés de Saint-Léonard, lorsqu'il s'agit d'invoquer la clémence divine pour Joseph dont on ne savait rien, pour Alphonse et Henry partis au front, pour Alice qui tenait seule la maison alsacienne, c'était toujours à Fernand qu'on s'adressait. Il était proche, compréhensif, et là-haut, il devait avoir l'oreille de Saint-Pierre pour une intercession efficace.

Mais terminons sur d'autres mots. La vie est belle, l'air qui enfle nos poumons est un cadeau des dieux, la chaleur des étés réchauffe l'hiver des âmes sombres et nous aide à oublier. Puissions-nous toujours vivre « chez Léger », dans cette île utopique où renaissent les espoirs, où se forgent l'amour et la sagesse ; puissions-nous trouver la force d'alléger nos cœurs de ces liqueurs noires qui de toutes parts veulent les submerger.

Annexe :

Après avoir envoyé ce manuscrit à Joseph, et l'avoir récupéré en retour avec des fiches bristol d'explications et d'anecdotes supplémentaires, je dispose d'un matériel documentaire encore enrichi. Je songe à reproduire ce matériel dans une éventuelle édition illustrée de reproductions photographiques et manuscrites. L'écriture penchée de Joseph est émouvante, et on sent poindre dans ses commentaires le souci de la vérité factuelle, et les silences qui en disent long. Je songe également, autre alternative, à insérer dans la présente annexe en fin d'ouvrage.

1 - (*liasse de trois feuilles bristol recto-verso (6 pages) d'une petite écriture penchée.*)
Bonjour Jean,
Comme tu parles beaucoup de moi dans ton recueil, je me permets de te donner d'autres détails de ma vie. J'ai été à l'école vers le Haut-Königsbourg une année, après jusqu'à 1939 à Haguenau dans une école de religieux. La famille voulait à tout prix un curé ; Fernand était taillé pour ça, moi non.

En 1939 la guerre éclate. Tu connais l'Histoire. Nous nous retrouvons à la ferme. Mon père ne parlant pas la langue, était exclu du cercle. Laurent n'aimait pas du tout s'occuper des affaires de la ferme. Il a fallu que je me décide à prendre la place. Je participe avec un régisseur à établir le bail et j'ai à plusieurs reprises dû intervenir car dans leurs calculs il y avait des erreurs à notre détriment. J'avais 16 ans et je te dis pas la réaction du régisseur quand je lui disais qu'il s'était trompé dans le calcul du nombre de pommes de terre et du foin. Je lui ai fait refaire les calculs. Tu peux penser les regards qu'il me jetait. J'espère que tu pourras lire car je fatigue. A la fin du bail de 6 ans c'était pareil, il fallait contrôler sérieusement !!

Avant la ferme 1939.

A mon grand désespoir, je n'avais pas beaucoup d'instruction. Il fallait travailler pour vivre. Avec mon père on allait chez les paysans. On était nourri, on ramenait quelques victuailles à la maison. A un moment nous allions à la mine tous les deux, travail manuel. Et c'est là que nous avons appris la débâcle de l'armée, mon père en pleurait. Les alsaciens sont repartis (sous-entendu de Saint-Léonard) mais papa décida de rester, quitte à tout perdre en Alsace.

Mais il fallait vivre. L'Etat français nous a supprimé les 10 francs qu'on touchait par tête. On nous a dit : vous n'avez qu'à rester chez vous. La solution : louer une ferme. Mon père prévoyait une guerre très longue et il avait raison. Donc nous voilà chez « Léger » le 1ᵉʳ novembre 1939. Le paysan est venu nous déménager de chez les Dunoyer de Segonzac avec une vache attelée au joug. Chose que nous, on ne connaissait [pas]. Il a fallu apprendre. Laurent a eu vite fait de se mettre à la page. On avait l'habitude de travailler avec les chevaux. En ville nous avons fait connaissance par hasard de deux serveurs, des gradés de l'armée (colonels). Ils nous ont fait avoir des chevaux de l'armée, qui étaient réformés. Il y avait un mulet noir. C'est avec lui qu'on allait chercher les veaux la nuit. J'en ai parlé ailleurs. Il est crevé le lendemain que j'avais été arrêté. Hasard !!

Nous vivions bien à la ferme, avec le grain j'allais chez un meunier qui donnait la farine pour faire le pain, à la place du grain. Chaque semaine, avec les bêtes que je tuais, on mangeait bien à la ferme, et nous avions beaucoup d'amis d'occasion qui venaient se ravitailler. J'échangeais le gras une livre pour un paquet de cigarettes que je revendais très cher.

J'espère que je ne t'ennuie pas avec mes histoires.

Je livrais un hôtel en viande, aussi quand nous y allions pour consommer, on était servis comme des rois. Il y avait un jeune alsacien qui y était serveur. Souvent on y allait en veillée pour passer le temps avec des copains. On buvait des bonnes bouteilles de vin. Quand la bouteille était vide nous la mettions sur le rebord de la fenêtre ; le garçon la remplaçait illico. On en payait une seulement. Tu as tout compris. Je donnais de la viande à un juif, qui avait des vêtements. Du fait, nous avions, Laurent et moi, des vêtements de toute beauté. Etc. Comme tu vois je me débrouillais bien vues les circonstances et le manque de tout par les temps de guerre. Tu connais bien le temps de la déportation. A mon retour je suis allé à une école de comptabilité, ce qui m'a permis d'être embauché à la mine de St Léonard. On y extrayait un minerai « Wolfram ». Laurent travaillait à la rivière, moi au bureau. Il y avait des prisonniers allemands. Ça tombait bien, je parle allemand. « Tu t'occupes des boches » : ravitaillement, santé, propreté, etc. Une nuit je fus réveillé par la police. Un Allemand avait fait une bêtise. Il s'était battu avec un gars au bal, et lui avait planté un couteau dans la gorge, à quelques millimètres de la carotide. Evidemment, pour lui faire avouer, les flics ont utilisé les moyens comme les Allemands, c'est-à-dire la bastonnade.

A St-Léonard nous connaissions un Alsacien, tailleur de son métier. A l'époque, à un moment l'Etat avait décidé de changer la monnaie. Tous les billets ont été ramassés et le tailleur n'avait plus d'argent liquide. Nous lui avons prêté une certaine somme : on était payé chaque mois à la mine. A un moment, le tailleur nous a proposé de nous faire des vêtements à la place de l'argent. Nous avons accepté ce qui fait que nous avons eu chacun deux costumes de toute beauté.

Un jour, je reçus une lettre de mon copain Henri. J'avais passé les 15 derniers jours sur les routes avec lui. On se tenait par le bras pour tenir debout. Le gars vivait à Luchon ; il s'est marié, et je fus invité au baptême de leur fils. Il était tapissier sur meubles. Il m'a fait miroiter son affaire, comme ça marchait bien. Mais c'était un filou (en plus, communiste). Je croyais ce qu'il me racontait. On a donc décidé d'aller avec Laurent vivre à Luchon. Ce fut une catastrophe, mais j'y ai trouvé mon bonheur. C'est là que j'ai connu Dédée qui est devenue ma femme. On s'est marié à Paris. J'étais charcutier à l'époque. Je trouvais facilement du travail. Henri Moebs a insisté pour qu'on se marie. Il est venu à notre mariage avec Mick (mars 1951). Je travaillais à Paris comme charcutier. Henri devait prendre en main une tannerie à pont l'Evêque dans l'Isère. Il m'a demandé si je voulais apprendre le métier de la tannerie. Aussitôt dit, aussitôt fait. J'ai accepté et j'ai été au Luxembourg en formation pendant quelques mois. Nous avons emménagé à Pont l'Evêque dans une maison. Loyer payé par la maison. Ça a duré 4 ou 5 ans. Rupture de contrat. Il fallait déguerpir. J'avais le choix : l'Allemagne, l'Angleterre. Comme je parlais l'Allemand, départ pour l'Allemagne à Neumünster. Tout à fait au Nord, au-dessus de Hambourg. Retour en arrière : Marita est née à Paris, Jean-Jacques à Vienne dans l'Isère. Nous avions donc deux enfants en arrivant en Allemagne. Robert est né à Neumünster. J'ai assisté à la naissance. La sage-femme ne parlait que l'Allemand et la parturiente que le Français. Donc je traduisais « pousse » ! C'est bon, allez, je recommence. Il est né un garçon qui s'appelle Robert. Numéro 3. En 1958 nous avons fait un voyage depuis Neumünster jusqu'à Pau. J'avais acheté une voiture. A Pau, j'ai rencontré quelqu'un d'une tannerie à qui j'ai expliqué que je vivais à Neumünster mais que je voulais revenir en France. Sitôt dit, sitôt fait. Il téléphone au Puy ; en rentrant nous sommes passés par Paris ; rencontre avec « ...... » le patron ; je signe le contrat ; trois mois après, je me retrouve à la tannerie au Puy. J'avais appris en Allemagne l'utilisation des résines de solvants pour le « finissage » (?) du cuir vachette. Donc je devins responsable du « finissage » de la vachette. J'avais 200 personnes sous ma responsabilité. Je suis resté 13 ans, mais les ingénieurs trouvaient que je n'étais pas qualifié. Je n'étais pas diplômé. Je fus « exécuté » (?) A peine licencié, j'ai travaillé à Paris pour une maison de produits chimiques pour tanneries. Je voyageais dans toute la France, la Belgique, le Maroc, Israël. Je partais des mois complets. Dédée, du coup, a pris la gérance du bureau de tabac. On a acheté le fond, elle y est restée 14 ans. En vendant, nous avons acheté un logement à Aix. Philippe est né au Puy en 1959. Comme tu peux constater, nous sommes 6 individus, mais chacun est né dans un endroit différent.

En 1980, j'ai arrêté de travailler. Comme déporté, je pouvais prendre congé quand je voulais. Après nous faisions partie de l'ACCCF et nous avons voyagé avec la caravane en participant à des rallyes un peu partout. Comme dans un roman, ils vécurent longtemps et heureux. Moi 92, Dédée 91.

???

Salut Jean et bon courage pour lire tout ça.

Excuse mon écriture pas toujours facile à lire. Tant pis, tu es enseignant. Débrouille-toi !

2 – Deuxième feuille bristol, recto-verso, où Jo m'explique comment on tue le cochon, car le récit que je fais de cette scène n'est pas tout à fait exact.

Je me permets de t'expliquer comment on tue le cochon.

On l'assomme avec une masse. On le saigne à la gorge pour récupérer le sang pour faire le boudin. Il faut remuer et ajouter un peu de vinaigre pour que le sang ne coagule pas. Après on le met dans un bassin ou une « naiet » en bois, on passe une chaine sous le ventre, puis on verse l'eau à 95°C sur le dos. Aussitôt il faut remuer car sinon la couenne serait trop ébouillantée. Avec un crochet on enlève les sabots sur chaque pied. Avec une coue on enlève les poils, et avec un rasoir on enlève les poils restants. Puis on le pend par les pieds arrières, on ouvre le ventre pour sortir les boyaux : l'estomac, le cœur, les poumons. On récupère les boyaux pour faire le boudin. La sauce, on la garnit avec de la viande cuite au four : c'est un régal ! Le cœur et les poumons on peut les manger avec une sauce. Le cochon est pendu par les pieds de derrière, et reste ainsi 24 heures pour que la viande refroidisse.

Le lendemain, c'est la découpe : jambon, épaules, côtelettes, etc. Pendant la période où j'étais à la ferme, jusqu'en 43, toutes les semaines les voisins venaient à la ferme pour se ravitailler. Je tuais des veaux que j'achetais à des paysans de la région. J'allais avec la mule les chercher la nuit. Une anecdote : un jour, ou une semaine, je n'avais pas trouvé de marchandise, et il fallait servir les amis. Eh bien, le soir, on a attendu que le père soit couché et on est allé dans l'étable, où on a pris un veau de 150 à 200 kg et on l'a tué. Le lendemain, surprise du père ; mais à moi il ne disait jamais rien. On lui a promis de le remplacer. Petite histoire de « Chez Léger ». A<u>necdote</u> : avec le frère Dessagne Louis, on était allé chercher un veau assez loin dans la montagne. Comme toujours, on nous a invités à manger la soupe. La nuit était tombée. Pour rentrer, on arrive à un carrefour. Avec mon ami Louis, on était incapable de dire quelle route prendre. Je dis à Louis : laissons faire la mule. Elle arrive à l'endroit en question, regarde à droite et à gauche ; et elle s'engouffre dans un chemin qui nous a ramenés à la maison. Le chemin avait juste la largeur du tombereau : la montagne d'un côté, le ravin de l'autre.

3 - *Troisième fragment* :
Quelques mises au point concernant l'histoire de la grange et des rats, que j'avais au départ un peu modifiée, sans le vouloir.

La grange servait à y déposer la moisson dans l'attente de la batteuse qui elle se déplace, mais avec l'aide des bêtes de somme de celui à qui la batteuse est destinée. C'est une entreprise privée qui travaille à la journée pour les paysans qui en font la demande. Donc la moisson est stockée dans la grange dans l'attente. Le jour du 16 novembre, nous devions battre le grain chez « Léger » ; avec les voisins Dessagne, nous avions cherché les engins dans une ferme, et pour remonter «chez « Léger », nous sommes passés par la ferme « Le Temple », et c'est là que nous avons été arrêtés par la gestapo. Tu connais l'histoire. Tu parles des rats. Il y en avait, oui, mais on ne les voyait que quand la moisson, c'est-à-dire le blé avec la paille était passé dans la batteuse. Ce n'est qu'à la fin qu'on a trouvé les rats qui me grimpaient dans le pantalon, et grimpaient pour se réfugier dans les trous du mur. C'était marrant (?)

4 – *Quatrième fragment* : les espiègleries des jeunes gens à la ferme, avant la déportation.

Deuxième épisode ! M. et Mme Wirtz étaient le père et la mère de Louis Wirtz, qui a passé toute la guerre « Chez Léger », logé et nourri. Ma mère avait fait des études de sage-femme avec Mme Wirtz à Strasbourg, d'où les relations amicales. M. et Mme Wirtz sont venus après-guerre à Saint-Léonard à la ferme. Connaissant les conneries que nous faisions, elle a déclaré qu'elle, nous ne l'aurions pas. Deuxième nuit : nous avions accroché le drap du lit avec une ficelle, qui passait par le plancher et qui nous aidait à tirer la nuit venue. Ce qui provoqua la colère de Mme Wirtz contre son mari. Quand le couple était couché, nous allions dans la pièce en dessous, et nous tirions la ficelle. Résultat, le drap partait vers le fond, ce qui déclenchait la colère de Mme Wirtz qui accusait son mari de faire partir le drap. Je ris en écrivant… Quelques jours après, nous avons installé une tapette sous le siège des WC sous le sapin. Quand Mme Wirtz y était installée, on tirait sur une corde derrière une haie, et la planche donnait une tape sur les fesses de Mme Wirtz. Celle-ci, surprise, se lève et se retourne, mais elle ne voit rien en rentrant à la maison, elle raconta que quelqu'un lui tapait sur les fesses, et que pourtant elle ne voyait personne. A partir de ce jour, elle a reconnu que nous étions trop forts et qu'elle retirait ce qu'elle avait dit. Final !

5 – *Cinquième fragment : évocation rapide de la tragédie de Gardelegen, au cours de laquelle Paul Dessagne fut tué, avec plus de mille autres prisonniers, dont les SS ne savaient que faire.*

Il faut que je te parle des deux frères Dessagne dont j'ai appris la mort par un déporté qui les a connus. La fin tragique de Louis frappé à mort par un SS ; Paul brûlé dans une grange à Gardelegen. Il y avait environ 1030 hommes. Une noble fürstin a proposé à un SS ne sachant pas comment se débarrasser de ces « salauds de prisonniers », elle a proposé sa grange pour les brûler. Il y en a 5 à 6 qui ont survécu et qui ont témoigné.